COLLECTION POÉSIE

Orphée Studio

Poésie d'aujourd'hui
à voix haute

Présentation et choix
d'André Velter

Édouard Glissant • Franck Venaille
Nabile Farès • Alain Borer
Ludovic Janvier • Michel Houellebecq
Gil Jouanard • Jacques Rebotier
Jean-Pierre Verheggen • Michel Butor
Yves Buin • Bernard Noël
François de Cornière • Michel Bulteau
Serge Pey • André du Bouchet
Patrice Delbourg • Jacques Darras
Michelle Grangaud • Gérard Noiret
Zéno Bianu • Jacques Roubaud
Christian Prigent • Guy Goffette
Philippe Delaveau • Jean-Michel Maulpoix
Dominique Sampiero • Michel Deguy
Franck André Jamme • Serge Sautreau

nrf

GALLIMARD

VERS UNE NOUVELLE ORALITÉ

La poésie s'est toujours inventé des lieux. Et pas seulement dans les livres. De temples en châteaux, de tréteaux en boudoirs, de théâtres en salons, guinguettes, cabarets, bistrots, préaux, stades, chapiteaux, roulottes, librairies, bibliothèques, elle a, selon les âges, vaticiné, charmé, séduit, forcé l'écoute, diverti, enflammé, mobilisé, enchanté les esprits et les cœurs.

Au milieu de ce siècle pourtant, en légitime état de commotion après le règne exterminateur de l'innommable, elle a, sinon perdu la voix, du moins remisé le souffle, assourdi ses éclats, détimbré ses mélodies, brimé ses modulations. Expiation, fascination d'un ciel sans espoir en forme de linceul, le recours, le réflexe, parfois la facilité, fut alors d'explorer la page blanche et de s'abandonner à un mutisme qui prétendait se parer des vertus du silence.

Retrouver le plaisir de dire, s'autoriser la jubilation d'un bouche-à-oreille public, accueillir l'énergie d'une parole neuve et, en conscience, vraie, voilà qui prit l'allure d'une sorte de reconquête. Car longtemps cette renaissance ne fut qu'écho lointain, rumeur venue d'Arabie, des Indes, des Amériques. Quelque chose comme le retour de la vie prodigue dans la poésie.

J'évoque ici la surprise et l'élan joyeux, libérateur, des premières lectures d'Adonis et d'Allen Ginsberg. J'évoque l'effraction récitative, faite de chair et de chant, d'un apatride d'expression française : Ghérasim Luca. J'évoque les soirs de Kaboul avec Sayd Bahodine Majrouh qui vocalisait ses épopées interdites. J'évoque les foules de Kairouan à l'assaut de la scène où Nizar Kabbani offrait ses poèmes.

C'est explicitement dans cette chambre d'échos que fut conçue Poésie sur Parole, *l'émission quotidienne que j'animai à partir de 1987 sur l'antenne de France Culture, souhaitant qu'elle irrigue et irrite quelque peu l'ensemble du paysage poétique. Mais déjà, je rêvais d'un espace où conjuguer séance tenante textes et musiques, un espace où éprouver à nouveau la poésie en tant que ferment actif, irremplaçable, irréductible. D'où l'idée d'investir à date fixe une salle de théâtre, d'imaginer, autour d'une œuvre unique, des récitals uniques que seul un enregistrement radiophonique déroberait à l'éphémère.*

Ce projet, amorcé ici ou là, notamment au musée de Cluny, à Toulouse, à Grenoble, fut concrétisé en octobre 1995, au théâtre du Rond-Point. L'argumentaire annonçait clairement la couleur : « Les Poétiques *sont à la poésie ce que les* Dramatiques *sont au théâtre. Des mises en écoute plutôt que des mises en scène. Des polyphonies qui déclinent tous les modes d'une entreprise singulière. Chaque mois, c'est un poète tel qu'en lui-même, mais escorté, guidé, bousculé parfois, qui risque sa parole.* Les Poétiques *de France Culture se veulent — avec poèmes, chants, musiques et sons — des créations originales. »*

En multipliant les rencontres, le but avoué était d'ouvrir le champ, de baliser au plus large, et même de couler les balises. Pour ce faire, le choix des invités devait bannir tout sectarisme, user de cet art du contre-pied qui, sur d'autres terrains, sait si bien mettre l'adversaire dans le vent. À lire les noms des auteurs qui se sont succédé sur la scène du Rond-Point, on peut concéder qu'un tel inventaire obéit surtout à un principe d'improbabilité, principe qui s'en tient, de l'un à l'autre, au plus grand écart possible.

C'est qu'il ne s'agit pas là d'un palmarès, mais d'une programmation, l'obsession n'étant pas d'établir une quelconque hiérarchie, mais de révéler l'extrême diversité des poètes contemporains, l'extrême richesse de leurs compositions, et d'offrir ainsi un voyage dans la poésie francophone d'aujourd'hui, avec pour visée affirmée la perception des signes et des résonances d'une oralité nouvelle.

Car il n'est pas question de favoriser la simple résurgence d'expressions passées, si attachantes, si glorieuses soient-elles. Les oracles, les chamanes, les troubadours, les rhétoriqueurs, les rhapsodes de cette fin de siècle ont à inventer des scansions inédites, des rythmes à contre-bruit, des alliages de mots et de sons capables de résister à l'avilissement systématique d'un langage livré aux normes de la publicité et des machineries médiatiques.

En ce domaine, à côté d'autres expériences menées ailleurs, l'aventure des Poétiques *prend valeur de témoignage et de banc d'essai : pendant quatre années, devant des salles combles, la poésie s'est donnée à voix haute, sur tous les tons, tous les registres, en petite ou en grande formation, avec partitions musicales ou improvisations.*

La publication de cet Orphée Studio *qui, outre mes prologues et un choix représentatif de poèmes, rassemble tous les participants, y compris les comédiens, les musiciens, les bruiteurs, les choristes, a pour but de rendre visible, de rendre manifeste ce qui a existé au théâtre du Rond-Point et sur France Culture, et va inévitablement ressurgir ailleurs, croître désormais et décupler l'audience d'une poésie sans entrave, prête à tenir parole.*

Quant au mot de la fin, paraphe de chaque générique, il désigne l'irremplaçable complice, celui qui a tendu le micro à Orphée et n'a pas craint de se retourner sur lui : Claude Guerre.

ANDRÉ VELTER

Édouard Glissant

La création est un chaos. La création est un combat. La création vient avec ses gongs et ses syncopes. La création embrasse les récifs, les grands-fonds, les ressacs, les brassées d'écume. Elle aime autant ce qui surgit que ce qui sombre.

Passeur d'univers, capteur de tous les chants, de toutes les rumeurs, Édouard Glissant ne cesse d'inventer son espace, sa langue et ses envoûtements.

Il est celui qui impose sa création et ses échos au monde. Il accueille le rythme tellurique des âges, la scansion des légendes et des mythes. Il risque le sursaut mêlé du réel et des songes. Sa voix est irruption, éruption, débordement de soufre, de flammes, de ténèbres, mais aussi de bruissements, de touffeurs, de syllabes suaves.

Il va par les îles de la terre. Il pense et parle en archipel, renoue torrents et fleuves : le Mississippi à la Seine, le Nil à la rivière Lézarde ou à une eau de volcan enfouie sous la lave et le feu. Cette géographie secrète donne force à l'étendue, sens à la migration et dérive au sens. Édouard Glissant dit la connaissance en abîme et l'éclosion des mots.

La création aime autant ce qui surgit que ce qui sombre. La création vient avec ses gongs et ses syncopes. La création est un combat. La création est un chaos.

19 octobre 1995 : Édouard Glissant / LES GRANDS CHAOS / avec Édouard Glissant, Patrick Le Mauff, sur des musiques de Carlo Rizzo.

L'ŒIL DÉROBÉ

(fragment)

à Jean-Jacques Lebel, nilotique.

Le Nil, fleuve du temps… Le langage de l'eau n'est perçu qu'en écho, dru comme feuille d'étain. Les cartouches de pierre livrent leur matière secrète. Les relents de mots, que le visiteur recueille ou profère, s'entassent en réels lointains : C'est l'acoma, l'arbre de majesté de la forêt tropicale ; ou c'est le laghia, danse antillaise en forme de combat, qui révèle l'accord et l'écart. Les deux langages s'évadent l'un de l'autre, l'un deviné en cette navigation, l'autre qui naît à peine à l'ordre du poème…

Les nouvelles de Lune n'ont pas enfreint les hypostyles et la poussière de nos pieds à peine empreint le sable…

Au détour du vent ce ressaut d'aller !
Fougère enfoulée de cris, paraissant et mourant…
Un esprit s'acharne à sa voile qui se dérobe,
un homme accroupi purifie ses mains en un geste d'imploration,
— le fleuve songe, ses chemins nous hèlent dans le passage.

« Mon corps aimé mon corps aimé, » dicte la lune à son ombre ballée de bleu,
« donnez que le pèlerin se nourrisse de feu en oblique »,
le poème a bridé les chairs
hier allouées en crue nilique
et qui portaient limon au cœur.

L'œil dérobé vient à méfait !
Le laps des ans nous a paru d'éternité,
il n'est de tant de mots qu'amas dénudé, fol.

La déclive des mots glisse si simple qu'en la houlure des palmiers,
une eau à quoi nous ne goûtons, et nous l'épuisons toute,
par la soif qui en nous dérobe ses tombes,
par l'aile avide des ibis, et par la salure des voiles...

Et des mille de dieux vagabondent pour nous au monde,
quand l'eau des rives monte à peine,
à peine descend dans l'enfance...

Fut dit l'ibis. Viennent là-bas les oiseaux bleus d'Assouan !
Furent dits ces Nils, où nos bagages gréent des sébiles de sable...

Au chemin qui navigue est un clos où des rus s'enlacent,
l'esprit qui veille est un danseur, soûl de ses mains lassées.

Les nouvelles du monde à l'infini ont frappé la pierre !

Passé la puissante colonne, leur lumière a loué nos fronts
posant l'abeille-aux-pattes-liquides sur le roseau désenlacé.

Ce langage qui fume, ici nous y passons, comme l'acier rauque est noyé d'échos !

Comme l'écho chevauche le rai métallique et qui tremble.

— L'arbre trahi couvre d'un miel sacré sa racine.

Ainsi le jet à la distance rallie la roche...

En feux de bronze il flaire sur l'eau, désigne la halte
nous reposons dans l'immobile du fruit, nous balbutions
une enfant nous visite, les joues noires d'une supplication inlassée.

« Mon corps aimé mon corps aimé », soupire l'aube de la barque, « enseigne-leur
l'encens du mimosa, l'odeur d'encre », la lance d'un regard fichée
au feu d'un potier boiteux.

Maintenant c'est la nuit, l'étape a posé sa ruche dans le silence.
Une étoile dessine à l'aquavive son vieux rêve.
Des tessons brûlent à demi.

Repartons ! En route ! — *¡ Vaya !* — Et tous ces parlers qui cordent la poussière !

L'œil dérobé nous a suivis, où l'eau dormait en son givre :
l'ordre des mots ne distrait pas le monde.

Il est un lieu où flûte de pâtre ose sa transparence
(la boue a fait chanfrein des cheveux, dépoli le souffle),
rien n'y lève aux dalles sacrées, hors ce qui est admis à vénération
poètes et conteurs y font exprès d'oblitérer la page ou de taire l'acclamation,
pour nous la palme y a décliné sa mâchoire, pour moi l'éternité glauque.

À gueules d'un palmier, haussés de sang, qui hampe de vent la voûte
le bourg élève son rempart qui nous dévoue salutation
un homme avoue perdre ses dents, pourrir en sable, comme le temps, une femme
s'endort au fleuve puis se lève, Enceinte-de-la-supplique!...

Entends ce lieu, où convoitise arme sa barque, vilenie monte en chardon.
Le rire avorté du mort a empreint la joue du vivant
la bave sans visage erre à fond de désert, où les mirages s'efforcent,
tout poème s'altère et l'espace a durci son van.

C'est néant d'opposer à tant d'épineraies
À ces poètes-sis, mages sans diadème,
Au vent qui mord dans l'insulte,
À tel qui s'émince en prurits,
le sourd silence égrené de la cosse.

Oh pour cette fois l'œil a trouvé paupière.

La bête née de fable a composé
nuage, qui presse en fleuve, meurt
à l'orient de son redoublement.

Il hausse deux hayons qui sont tant d'arcs de filaos,
deux aîtres d'infinité où plus d'un havre aura suri, et puis
le scarabée, au lourd midi, qui s'exhorte à briller
en son Rai!... Sourd de ce même adoubement.

Le vent jaune a feulé sur les sables, le feu chavire :
«Ton âme

«devient soleil!...» Le feu
chavire aux roseaux profanés. Un homme avoue

pousser en nuit, corps après mort, sur cette mangle où il écrit,
jusqu'à l'écart du cœur, comme une guêpe terrassée,
quand la fleur rouge éclôt derrière la fatigue,
— les herbes trébuchent dans cet éclat.

Il dit être hélé de ces inconduites d'arbres
semées — nus — dans l'avancée de sables,
leurs voix épellent en soufrées : «Je tisse
«la vérité à ta lumière de soleil...» L'arbre offensé
lors avoue des marais, tant d'îlets qui font brame, une branche
qui s'évente en feux déments et qui tremble.

Les Grands Chaos, © *Gallimard.*

Franck Venaille

Un homme marche.
De la source à l'embouchure il suit le fleuve,
il suit son *fleuve.*
Il part du côté de Saint-Quentin,
il va par les rives, les chemins de halage, les docks, les quais jusqu'à Anvers.
L'homme, c'est Franck Venaille.

D'abord poète du « vivre-révolté », du cri en forme d'exorcisme, il est devenu peu à peu l'écrivain de la conscience meurtrie, sans autre refuge qu'une obsédante douleur. Le spontané, l'éruptif sont passés derrière plusieurs écrans, l'écriture accédant au labyrinthe, restituant le processus intérieur qui creuse, dénude et tout à la fois obscurcit. Chaque poème, chaque récit se voit investi de hantises scrupuleuses, de phrases brutalement timbrées qui mettent le sens à vif et les sens en alarme.

Avec La Descente de l'Escaut, *Venaille a choisi son territoire, celui où s'accordent le plus profondément le tempo-Venaille, la dérive-Venaille, le langage-Venaille, avec toujours à l'oreille et au cœur cet écho de Maurice Maeterlinck :* Il se peut que les maladies, le sommeil et la mort soient des fêtes profondes, mystérieuses et incomprises de la chair…

Un homme marche.
De la source jusqu'à la mer
il suit le fleuve,
il suit son *fleuve.*

16 novembre 1995 : Franck Venaille / LA DESCENTE DE L'ESCAUT / avec Bernard Freyd, Franck Venaille, sur des musiques de Marc Marder, Vincent Segal, Gérard Siracusa.

LA DESCENTE DE L'ESCAUT

(extraits)

Le marcheur d'eau

Il étreint le froid
Il étreint le vide

Il a peur du vide

Craint de ressembler aux joncs

Il guette le vide

Le givre avec sa tête de mouton

L'enserre et le cerne

Dure est cette angoisse

De la bête perdue

Qui étreint le froid
Qui étreint le vide

L'écluse fermée

On y regarde l'eau dans les yeux

Étreignant le froid
Étreignant le vide

Monde de peu de joie
ô pourtant si tranquille paysage morne

Chaque soir des êtres se retrouvent
contre l'eau pour y prendre la parole

Ainsi ont-ils moins peur !
Ainsi ont-ils moins froid !

Et sous le pont, sous sa voûte humide
de pauvres corps se cherchent — se pénètrent

Pour avoir moins peur !
Pour avoir moins froid !

Tandis que d'autres, singulièrement à l'écart
hurlent leur obsession tragique du sexe !

Les heures les heures les heures et les heures
Où, lourdement, il allait marcher le long du fleuve
Sans rien en lui de gracile et d'heureux   Mais
Au contraire : courbé, ployant sous son poids primitif d'
Homme blessé blessé de jour en jour davantage blessé et
Humilié de se voir : semblable à ce rat le suivant
En appui sur la vase. Soleil ! Un grand soleil. Ce bien
Étrange soleil blanc matinal ! Tandis que l'animal
Effrayait même les lourdes si lourdes trop lourdes
pierres d'eau.

Dites ! De quel boyau sortez-vous ?
De quelle profonde tranchée sinueuse ?
D'où vous vient cette étrange démarche
qui fait *aussi* de vous un enfant égaré.
Avec les rats d'eau et les plantes malades
Vous avancez sur la terre retournée
Et ce premier terril aperçu loin là-bas
si loin Trop loin en cet instant de fatigue
vous extirpe de la mélodie du fleuve que
vous suivez, souffrant d'une si étrange
douleur mentale

Dites ! En quoi est-il si semblable au rang
qui sourd et se complaît dans des cavités noires et
spongieuses ? Pourquoi ce rythme intime
qui lui fait pressentir la venue des marées ?
Çà ! Ne l'entendra-ton jamais ?   Et
d'où lui vient cette panoplie d'enfant fossoyeur ?
Trou creusé dans le néant.
Trou rebouché qui ramène au néant.
Dites ! Pourquoi nous suit-il, monotone,
prêt à témoigner de son antériorité   De
son étrange présence mystique et sauvagement muette
de fleuve vivant sous le fleuve.

On apercevait les silhouettes des vivants
Çà ! Comme on les distinguait derrière les vitres !

Une famille Dans cette pièce Autant de meubles et
De fleurs que d'êtres humains Et nous, dehors

À se tasser ! À se serrer afin de mieux
Voir ! Pensez : tant de non morts encore !

Pourquoi aurions-nous dû céder notre place à
Moins incurablement tristes que nous ?

Enfouis dans la glaise Dans la vase Implorant ceci :
Voir ! Des vivants ! Une fois encore !

Il veut crier !
Sa bouche en est pleine.

Courir ! Créer du vide
entre lui et l'effroi
Mais l'écluse en est pleine

Par de telles larmes amères
Toute vie dit sa peine

À l'étroit !

Dans de grands lits malades où s'entassent les corps.

On dirait qu'une ampoule immense et blanche
au ciel
lentement
se
balance.

Ô ! Toutes ces îles vides qui dérivent.
Ô ! Ces bras du fleuve transformés en étangs
et notre solitude visible sur la carte.

Comment ne pas avoir peur ?

Je suis un homme meurtri

Les blessures, cette anxiété qui jamais
ne me quitte

La chair la nuit la nudité des corps
m'obsèdent

L'appréhension est un rongeur circulant dans mes
poumons
la gueule pleine

Faut-il le dire ?

Quand cessera, quand prendra fin ce temps d'épuisement ?

Déjà ce corps flottant, déjà
d'amers pressentiments de bras en croix

Par la vie entière !

Je suis un homme meurtri

La Descente de l'Escaut, © *Obsidiane.*

Nabile Farès

La mémoire en son miroir
avec les êtres éloignés, effacés,
les présences blessées,
les lieux en exil d'eux-mêmes.
La mémoire en son errance :
nulle part, ailleurs, n'importe où, ici.
Un temps réinventé, recomposé avec des mots-tocsin, des mots-balafre.

Nabile Farès dit la déflagration de l'Histoire, ses pièges, ses mystères, sans craindre d'inscrire ses fictions à la hauteur du mythe. Chez lui, la poésie est action, révolte, revendication. Il agresse l'ordre des choses et les ténèbres. Il veut endiguer la marée renaissante de la bêtise, du fanatisme, de l'intolérance.
*Pourtant, si la mort rôde dans ses textes, ses armes sont aussi rire ravageur, énergie éblouie, rythme qui gronde et éclate, visions où l'horreur n'oublie pas la merveille, accords en forme d'*Istîkhbâr, *en forme de mise en voix, de mise en pièces — petite phrase déracinée avec guitare, mandole, clarinette basse et saxophone.*
Au miroir de Cordoue, *Nabile Farès voit, brandit, disperse : mémoire d'Andalousie dans la poussière levée sous les pas des soufis, des vagabonds, des étrangers en route… et ballade fervente, ballade contre un pays défunt.*

21 décembre 1995 : Nabile Farès / BALLADE CONTRE UN PAYS DÉFUNT / avec Nabile Farès, Sophie Delizée, Raymond Boni (guitare), Gérard Fabiani (clarinette basse et saxophone), Hakim Hammadouche (mandole).

BALLADE CONTRE UN PAYS DÉFUNT

1

Avant /... Avant... Les guerres
Et toutes les guerres...

Ballades autour d'un pays en forme
de mises en pièces / de mises en voix
et... de l'autre côté; pas de jugement
sur l'intelligence vive : la malédiction
n'est pas à l'œuvre mais Jeux Je
autour de la voix *sur un certain nombre*
de sons Venus à la rescousse des mondes
et de leurs galériens.

... pour que naisse une phrase
qui n'appartiendrait — un pays —
à... personne...

Et libre à elle de dire
et libre à lui de mourir

2

Incidence de l'heure
du malheur d'aujourd'hui
: nos chants sont provoqués

de pleines voix par l'absence
de lèvres. Terres autres devenues
pauvres, coagulées de sangs pauvres,
nus, inutiles faces ; la frontière
installée, vendue, vendeuse de tout âge,
de tout corps Tandis que la petite phrase
qui n'appartient à personne
cogne sur le bas-côté des algues
gorge mouvante du gouffre marin
ouverte Tandis que la petite phrase

Alger-Patatita
Alger-Patatita

L'esprit libre : Alger la menthe
la narine
et l'égout
les bougainvilliers de l'amour
les glycines en perte sèche

l'appartement est à vendre

Une petite phrase libre
sur une é t o i l e
L i b r e

qui n'aurait ni armes, ni tank, ni gaz
ni pétrole

Et (à cette place)
Sirènes postées aux phares émouvants
en leurs demi-corps de chutes, comme
jadis qui diraient-disaient les départs
liées (à cette place) aux proues écumantes,
socles des vaisseaux Et qui diraient-disaient
la mer, le champ des terres ouvertes,

la grenade subtile qui demeurait là-bas
dans la cour ombragée du Soleil

les escaliers de feu
Ce couple au-dessus des mondes,
ciselé, ensemble découpé,
avide de terres et de mondes,
fixé par le regard

3

Graffitis sur ta bouche de paroles
que tu délies dans la vieille langue des arbres
du vol au-dessus d'eux, de l'air au-dessus d'eux,
des terres au-dessus d'eux
… la petite phrase…
le poème
le nom d'arbres
au-dessus d'eux

4 — De l'étranger —

Connais-tu la douleur incessante ?
l'origine du feu ? le pied lié à l'abattage
le regard incertain, effrayé.

Connais-tu le sanglot ?

Ce que le monde ne peut contenir
Et ce que l'amour retient dans l'avant-corps

Avant d'être là-bas,
nommé,

Corps Mal Venu
en crainte du chacal qui voudrait mordre
la nuque

— L'étranger : — Ils auront sur leurs terres
des enfants venus des meilleurs
mondes,
de leurs entrailles,
qu'ils ne reconnaîtront pas,
et qu'ils tueront.

Elles / Ils : tueront

5 — Actuelles —

J'ai 26 ans, et je suis déjà mort
Vendu, pendant 26 ans.

Ce qu'il faut lire à cette place,
près d'un petit banc : ici étaient
les arbres, les genêts, les oliviers,
les coquillages, les pierres, les vents,
les algues, les ciels, les mers, les
sous-sols, les gris-gris, les étoiles,
les soleils, les lunes, les orages, les
tempêtes, les rivières, les éclairs, les
étangs, les crapauds, les grenouilles, les
hannetons, les mouches, toutes sortes de
mouches, les blés, les coquelicots, le
vent, le vent d'août, le vent de mai, le

printemps, les poivrons, la galette, les
vignes, les vagues, les petits bouts de vagues,
les nageuses, les nageurs, les sables, les
coccinelles, les moutons, pauvres moutons.

J'ai 26 ans.

… la petite phrase…
le poème,
comme un trou, dans le cœur des algues,
des morts, des prisons, des… Hérissons.

la petite phrase.

Inédit.

Alain Borer

Indissociable désormais de celui d'Arthur Rimbaud, le nom d'Alain Borer est aussi promis à sa propre résonance. Il est l'auteur d'une œuvre quasi secrète, pourtant des plus singulières et des plus ébouriffantes, sorte de quête sidérante et intersidérale.

« Cet errant minutieux, note Zéno Bianu, manifeste une prédilection certaine pour le mariage des extrêmes, les entropies polyglottes et les contaminations proliférantes. Le croit-on occupé à décrypter les trous noirs pour l'ultime mise en place de sa tétralogie astrophysique (Vénusberg, La Chevelure de Bérénice, Zone bleue, le Chant du rien visible) *qu'il se livre à une exégèse lyrique des classiques du rock' n'roll* (Les Très Riches Heures de Chuck Berry)... »

Il y a en effet, chez Borer, alliance foudroyante d'érudition et de désinvolture : la diabolique précision d'un artisan qui serait également, et simultanément, un artificier. Avec lui, les mots sont des sculptures d'étoiles. Il est toujours en avance d'une jonglerie, d'un dérapage verbal, comme si la sémantique désignait enfin le geste antique du semeur.

Sous le haut patronage d'une nuée d'astrophysiciens, de Stéphane Mallarmé et d'Alphonse Allais, Alain Borer, c'est le swing des espaces infinis, à écouter les yeux ouverts. C'est aussi, c'est surtout : comment trouver le lieu et la formule sur la terre comme au ciel.

18 janvier 1996 : Alain Borer / POUR L'AMOUR DU CIEL / avec Tonia Galiewski, Pierre-François Pistorio, Christian Rist, Bruno Sermonne, Alain Borer, sur des musiques de Jean-Michel Deliers et Denis Zaïdman de l'ensemble Alegria.

LA CHEVELURE DE BÉRÉNICE

(fragment)

Dieu que la Terre est basse à Basse-Terre à ma base

Il neige sans arrêt dans mon téléviseur et j'ai trop attendu au bureau des longitudes
Je suis fait pour les long-courriers qui décollent à minuit de Roissy
les aiguilleurs du ciel me tricotent un doux rêve   complicité au sol   je pars en buscoptère
rattraper les ballons lâchés par les enfants courir dans les bleus pâturages le pantalon dans les nuages
tous les gens d'un Airbus attendent sous un abri on voit des prisonniers sur le toit des prisons
entendez comme brame la meute des camions qui arrivent au péage
on croise un cruise missile et le Pacific Fruit Express perd ses citrons

Je fais un long voyage entre les capitales le mardi à Madrid le samedi à Swansea et dimanche à Byzance
je longe un méthanier moteur mélange deux temps
survol de la Finlande où est ma canne à pêche il y a des poissons dans ce petit nuage
je les lance dans les glaces du détroit de Behring le grand garde-manger du monde
la nacelle tremble sur Stonehenge Carnac Nazca Pâques au-dessus des marais de Petite Secousse
j'ai descendu un Taube une balle m'a traversé le longeron d'une aile
adieu Küssnacht j'embrasse la nuit je ne verrai jamais Brooklyn Nouadhibou
Anchorage Cotonou Hagondange Decatur je ne verrai jamais Blida Bora-Bora

dialogue encore par mégaphone je voudrais s'il vous plaît reprendre un peu de rêve !
Envoyez-moi un plan de vol pour promotion des sports de glisse !
mais je me sens trop haut d'essieu le sol ne répond plus
tous mes gestes m'élèvent ma maison disparaît dans les volubilis

dans le champ sillonné des chasseurs subsoniques je poursuis affamé le premier Pamplemousse
choisir sa direction dans le catalogue de Messier au confluent des nautes profiter courant chaud ascen-
dant
avancer lentement sur les brisées des cosmonautes

à l'écho sondeur aspirant chevelure s'agripper à la barbe du Très-Haut aux cheveux de la Vierge
consolation des voyageurs
en dix secondes d'arc vers l'ouest idéal ma fusée jette sa jupe et s'ouvre à l'arrimage
dès premiers pas sur le lurain poussière entre gris cendré et brun chocolat colle au scaphandrier
en calèche détoilée je parcours l'antiterre les débris d'animaux flottent dans la clairière
la Terre émet des mots qui rebondissent sur la Lune vers le fond des galaxies
j'en capte un au rebond et j'atteins ma vitesse de libération
dans les courbes d'espaces les bottes de paille protègent mon sommeil
je laisse le vaisseau tourner lentement sur lui-même

mon saxophone au firmament la cavatine des harpes je pêche au lamparot dans la nuit sidérale
voici que les infantes se montrent dans ton ciel une vierge marchant sur un croissant de lune
les sirènes Santa-anta loutchi-ia aux matelots d'Ulysse
mais hélas mon hélice est prise dans les algues
j'ai perdu mon étoile je cherche Éléonore

j'ai un ancien ami en M 3 d'Andromède ou dans l'une des mille galaxies de l'amas de la Vierge
visite à Ophiucus le porteur de serpents un nuage de gaz habité de raies sombres
poissons de ces grands fonds oiseaux du bout du ciel un atome d'azote s'il vous plaît gardez tout
je passe de profil devant le disque du soleil en bas Éléonore doit voir ma silhouette
écoute ! me parvient la rumeur affaiblie du cosmos
je la capte et la serre dans ma bouteille thermos

Ludovic Janvier

Essayiste et romancier, Ludovic Janvier fait entendre, en poésie, une voix qui ne se soucie d'aucune référence, d'aucune révérence : alliance d'un rythme affirmé, d'une rythmique, et d'une volonté de dire les éclats de mémoire, d'ironie, de fureur, les commotions soudaines.

Ludovic Janvier écrit au plus près du corps, il s'investit sang et os dans une parole qui ne craint ni la violence, ni la gouaille, ni la dérision froide. Souvent, il semble parler comme pour se donner congé, comme pour se piéger. C'est un souffle qui entretient la forge et les braises, les cris, les murmures, qui fait que la bouche sort de l'ombre et que les muscles, doucement, doucement, transmuent de l'air pour créer une musique de mots.

La poésie de Ludovic Janvier est une succession d'instants qui objectent, qui poussent au désespoir lucide, qui ne cherchent pas plus à adoucir le manque que les mœurs. L'impatience en est l'énergie première, sans cesse convoquée et toujours insatisfaite. Comme le suggère le titre d'un de ses recueils, il y a en toute chose, en toute action, en toute émotion, de La Mer à boire, *de l'impossible à affronter, du défi à relever, mais sans oublier d'en sourire, sans oublier d'avouer mine de rien que ce n'est quand même pas « la mer à boire ».*

Poésie entre jour et sommeil, *poésie du doute brutal, la poésie de Ludovic Janvier est de celles qui régénèrent sans ménager de repos. C'est comme au foot, un art du dribble, pour mettre l'ordre et le destin hors-jeu.*

15 février 1996 : Ludovic Janvier / BLEU COMME DANS RENAÎTRE / avec Ludovic Janvier, Thibaut de Montalembert, Denis Badault (piano), Yves Torchinsky (contrebasse), Klaus Stötter (trompette).

BLEU COMME DANS RENAÎTRE

Femmes qui passent

Femmes qui passent ne veut pas dire
qu'elles passent au large de moi
mais qu'elles passent à travers moi
regards allures et parfums
en y laissant de multiples traces
aussitôt gonflées comme un plumage
lequel tarde à se refermer

Sous ton cri

Pas seulement ton cri mais le oui sous ton cri
pas seulement le oui mais le ciel sous le oui
pas seulement le ciel mais l'écho sous le ciel
pas seulement l'écho mais la nuit sous l'écho
pas seulement la nuit mais la soif sous la nuit
pas seulement la soif mais le bleu sous la soif
pas seulement le bleu mais l'ombre sous le bleu
l'ombre pas seulement mais le rire sous l'ombre
et sous le rire la campagne en plein été

Dans le Jardin de Brambilla

Depuis cent ans que l'âme espère à bicyclette
il y a les pédaleurs de fête il y a les tâcherons
nous les pleins d'eau qui savons mal souffrir
on peut nous suivre à nos ahans dans la campagne
aux autres le fort bruit de soie d'un vélo bien mené
aux bien en selle aux bien en ligne aux affûtés
j'ai dû laisser partir les échappés je suis trop lourd
avec ce poids je devrais bien descendre même pas
loin derrière moi je me traîne en grimaces
et puis j'en ai assez de sonder le mystère
enfantin de la douleur qu'on s'inflige à vélo
surtout que des odeurs viennent du bois me ralentir
laissons-nous glisser rentrons dans l'immanence
et c'est là que tout à coup je pense à Pierre Brambilla
ah ça chez lui pas de grâce visible
on lui avait construit la tête à coups de poing
il pédalait comme on pioche et comme on bousille
il aurait dû gagner le Tour en 47
l'année Gide l'année Robic un été bleu
à chaise longue et fables sous les mouches
(je lisais *Rien qu'une femme* en guignant le bourdon
qui pompait la glycine et j'allais me caresser
dans la chambre bleue du fond presque froide)
eh bien quand par défaut de grâce il a dû raccrocher
au lieu de pendre sa machine à un clou du garage
et de l'y regarder ternir sous la poussière ignoble
au lieu de la fourbir en chambre tous les jours
où des pignoufs seraient venus la peloter
un jour il prend sa bicyclette et lui parlant
comme il l'a tant fait jusque-là sur les routes

sans pardon pour lui et sans quartier pour elle
il l'enterre à tout jamais dans le jardin

Pierre Brambilla mort aujourd'hui dit La Brambille

La Mer à boire,

À chaque pas

À chaque pas lent hors des pas
hors des pas hors du paysage
on tire à chaque pas trop lent
hors de soi toute l'image
pour aller vers le souvenir
voyageur qui recule en avant
sans bouger de l'énorme instant
dont chaque pas à chaque pas nous sépare

Levée de nous

Levée de nous tu quittes la chaleur
où nous étions couchés à nous tenir
d'une enjambée tu donnes à voir et tu reprends
offrant le clair de toi offrant le sombre
emportés par ton allure mais suspendus
avec l'odeur qui m'abandonne pour te suivre
nue à trois pas de l'instant qui tremble
tu poses en équilibre entre le monde et moi
souriante à caresser du geste le regret
dans l'air ténu penche-toi que je désespère

un peu plus de te voir là qui recommences
en essayant sur moi le pouvoir d'apparaître

Doucement avec l'ange

Pense à tes grimaces de fou entre tes murs
à ta passion d'enfant puni pour le rien faire
à la honte de ton nom la honte de parler
à tes hurlements de rage en direction du monde
à tes longs pets les soirs de contrariété
au désespoir de jamais réussir à être toi
à tous ces ratés queue en main bel étonné
aux hommes évalués d'un sale œil tout rancune
à ton envie quelquefois de mordre en pleine chair
à tes sursauts de peur au moindre bruit dans le silence
à tes adieux de lâche aux femmes abandonnées
à tes injures en secret vers les contradicteurs
aux bestioles massacrées à tes coups de pied au chien
à tes stations devant la glace en murmurant pauvre con
alors doucement avec l'ange hein doucement

Entre jour et sommeil, © *Seghers.*

Comme un œil

Le rien à faire à la taille du vent
les gris les rauques au silence impossible
les cris d'enfants qui dansent le départ
les vols de mouettes aux longs temples de bleu
ce temps couché dont la mer est la table

lorsque debout dans l'éternel retour
jambe tendue tu cherches à déchiffrer
comme en rêvant la figure du sable
ou pris de sel couché dans les éclats
entre le ciel et l'ombre sous les ombres
nageur tu gagnes et tu fends la fraîcheur
le corps dans l'eau comme un œil grand ouvert

Mordre ? Encore !

J'étais ce cannibale au fin fond de maman
et qui vous la rongeait jusqu'au silence
une fois dehors doucement j'ai commencé à mordre
et maintenant qu'il s'agit de moins mourir
avec toi par la bouche et par les dents
quand je vais pour te mâcher tu ne veux pas
bon je me suspends je patiente à la frontière

je mords parce que le mot chien ne mord pas
je mords pour creuser dans l'épaisseur présente
pour prendre ta chaleur et ta saveur je mords
téteur inachevé qui s'attaque
à l'impossible d'être toi et qui s'acharne
à tenir dans le temps par colère et manger
et pour arrêter ce parfum toi qui es voyage

impatient qui sens le gouffre au cœur de la douceur

Brême éternité

Un jour on est une racaille à soupirs et à plaintes
un jour danseur hilare on crève le temps
aujourd'hui j'ai le cœur serré par cette fille à Brême

haute et pâle aux cheveux noirs d'ivoire
venue m'écouter lointaine mais visage offert
et si belle que j'ai détourné les yeux pour fuir
son regard gris de mer velouté par les cils

elle penchait légère au bord de l'instant
je lui ai dit merci pour goûter à sa voix
grenat et doucement penser à elle nue
pâleur éblouissante et la toison ténèbre

elle est debout dans mon allure elle marche avec moi
la promenade am Wall a goût d'octobre
est-ce qu'on se reverra dans cette vie
wenn aus der Ferne da wir geschieden sind
moi mon invitée l'absente qui me cherche
car pour l'autre vie je l'y pose en souffrance
debout dans une brève éternité de mots
où elle est cette lenteur en moi qui fait silence

Inédits.

Michel Houellebecq

Michel Houellebecq : un poète à la fin du XX*e siècle. Un poète seul avec la rumeur du monde, dans le no man's land des zones habitées, qui toutefois n'entend pas déserter. Première approche : des titres-tracts qui sonnent comme autant de détournements provocateurs.* Rester vivant, La Poursuite du bonheur, Extension du domaine de la lutte, Le Sens du combat !

À ne pas prendre à la légère ou avec un sourire entendu : ne voir là aucune ironie ou dérision, mais une stratégie, une stratégie implacablement menée, impeccablement scandée. Tous les poèmes de Houellebecq sont des poèmes de survie qui creusent au plus profond du noir. Leur pessimisme ouvre sur une féroce gaîté. Il y a bien lutte et combat pour tenir sans espoir face au malheur et au meurtre. La poésie de Houellebecq est faite d'amertume, de frustration, d'éclairs sauvages. C'est une défaite qui n'a pas dit son dernier mot.

21 mars 1996 : Michel Houellebecq / LE SENS DU COMBAT / avec Michel Houellebecq, sur des musiques de Jean-Jacques Birgé et des improvisations vocales de Martine Viard.

LE SENS DU COMBAT

(extraits)

Le jour monte et grandit, retombe sur la ville
Nous avons traversé la nuit sans délivrance
J'entends les autobus et la rumeur subtile
Des échanges sociaux. J'accède à la présence.

Aujourd'hui aura lieu. La surface invisible
Délimitant dans l'air nos êtres de souffrance
Se forme et se durcit à une vitesse terrible ;
Le corps, le corps pourtant, est une appartenance.

Nous avons traversé fatigues et désirs
Sans retrouver le goût des rêves de l'enfance
Il n'y a plus grand-chose au fond de nos sourires,
Nous sommes prisonniers de notre transparence.

Au long de ces journées où le corps nous domine
Où le monde est bien là, comme un bloc de ciment,
Ces journées sans plaisir, sans passion, sans tourment,
Dans l'inutilité pratiquement divines

Au milieu des herbages et des forêts de hêtres,
Au milieu des immeubles et des publicités
Nous vivons un moment d'absolue vérité :
Oui le monde est bien là, et tel qu'il paraît être.

Les êtres humains sont faits de parties séparables,
Leur corps coalescent n'est pas fait pour durer
Seuls dans leurs alvéoles soigneusement murés
Ils attendent l'envol, l'appel de l'impalpable.

Le gardien vient toujours au cœur du crépuscule ;
Son regard est pensif, il a toutes les clés,
Les cendres des captifs sont très vite envolées ;
Il faut quelques minutes pour laver la cellule.

Fin de soirée

En fin de soirée, la montée de l'écœurement est un phénomène inévitable. Il y a une espèce de planning de l'horreur. Enfin, je ne sais pas ; je pense.
L'expansion du vide intérieur. C'est cela. Un décollage de tout événement possible. Comme si vous étiez suspendu dans le vide, à équidistance de toute action réelle, par des forces magnétiques d'une puissance monstrueuse.

Ainsi suspendu, dans l'incapacité de toute prise concrète sur le monde, la nuit pourra vous sembler longue. Elle le sera, en effet.
Ce sera, pourtant, une nuit protégée ; mais vous n'apprécierez pas cette protection. Vous ne l'apprécierez que plus tard, une fois revenu dans la ville, une fois revenu dans le jour, une fois revenu dans le monde.
Vers neuf heures, le monde aura déjà atteint son plein niveau d'activité. Il tournera souplement, avec un ronflement léger. Il vous faudra y prendre part, vous lancer — un peu comme on saute sur le marchepied d'un train qui s'ébranle pour quitter la gare.
Vous n'y parviendrez pas. Une fois de plus, vous attendrez la nuit — qui pourtant, une fois de plus, vous apportera l'épuisement, l'incertitude et l'horreur.
Et cela recommencera ainsi, tous les jours, jusqu'à la fin du monde.

Différenciation rue d'Avron

Les débris de ta vie s'étalent sur la table :
Un paquet de mouchoirs à moitié entamé,
Un peu de désespoir et le double des clés ;
Je me souviens que tu étais très désirable.

Le dimanche étendait son voile un peu gluant
Sur les boutiques à frites et les bistrots à nègres ;
Pendant quelques minutes nous marchions, presque
allègres,
Et puis nous rentrions pour ne plus voir les gens

Et pour nous regarder pendant des heures entières ;
Tu dénudais ton corps devant le lavabo
Ton visage se ridait mais ton corps restait beau
Tu me disais : « Regarde-moi. Je suis entière,

Mes bras sont attachés à mon torse, et la mort
Ne prendra pas mes yeux comme ceux de mon frère,
Tu m'as fait découvrir le sens de la prière,
Regarde-moi, regarde. Mets tes yeux sur mon corps. »

Dans l'air limpide

Certains disent : regardez ce qui se passe en coulisse. Comme c'est beau, toute cette machinerie qui fonctionne !
Toutes ces inhibitions, ces fantasmes, ces désirs réfléchis sur leur propre histoire. Toute cette technologie de l'attirance. Comme c'est beau !

Hélas j'aime passionnément, et depuis toujours, ces moments où plus rien ne fonctionne. Ces états de désarticulation du système global, qui laissent présager un destin plutôt qu'un instant, qui laissent entrevoir une éternité par ailleurs niée. Il passe, le génie de l'espèce. Il est difficile de fonder une éthique de vie sur des présupposés aussi exceptionnels, je le sais bien. Mais nous sommes là, justement, pour les cas difficiles. Nous sommes maintenant dans la vie comme sur des mesas californiennes, vertigineuses plates-formes séparées par le vide ; le plus proche voisin est à quelques centaines de mètres mais reste encore visible, dans l'air limpide (et l'impossibilité d'une réunification se lit sur tous les visages). Nous sommes maintenant dans la vie comme des singes à l'opéra, qui grognent et s'agitent en cadence. Tout en haut, une mélodie passe.

Le sens du combat

Il y a eu des nuits où nous avions perdu jusqu'au sens du combat
Nous frissonnions de peur, seuls dans la plaine immense,
Nous avions mal aux bras
Il y a eu des nuits incertaines et très denses.

Comme un oiseau blessé tournoie dans l'atmosphère
Avant de s'écraser sur le sol du chemin
Tu titubais, disant des mots élémentaires,
Avant de t'effondrer sur le sol de poussière ;
Je te prenais la main.

Nous devions décider d'un autre angle d'attaque,
Décrocher vers le Bien
Je me souviens de nos pistolets tchécoslovaques,
Achetés pour presque rien.

Libres et conditionnés par nos douleurs anciennes
Nous traversions la plaine
Et les mottes gercées résonnaient sous nos pieds ;
Avant la guerre, ami, il y poussait du blé.

Comme une croix plantée dans un sol desséché
J'ai tenu bon, mon frère ;
Comme une croix de fer aux deux bras écartés.
Aujourd'hui, je reviens dans la maison du Père.

Gil Jouanard

Gil Jouanard a le goût des choses, le goût des gens, le goût de la vie. Avec lui, les instants sont rares, les perceptions minutieuses, gorgées de sève et de suc. Il sauve ainsi le temps qui passe de toute atteinte mélancolique, et le présent, parfois désolant, de toute visée passéiste.

Gil Jouanard a l'art de l'écoute affectueuse et du coup d'œil fraternel. Sa gourmandise sait être délicate, toujours légère, généreuse, sans l'ombre d'un emportement ou d'une grandiloquence. Il va et voyage pour le plaisir d'être au monde, pour se trouver au contact de rencontres imprévues et douces qui prennent soudain le visage de la chance.

Il ne se soumet pourtant à aucune croyance rassurante, ne témoigne d'aucune amnésie, d'aucun renoncement. Son passage libère d'étranges émotions, comme s'il y avait de plaisantes turbulences à éveiller, comme s'il y avait une joie, une jubilation possibles qui ne paieraient pas plus tribut à l'espoir obligé qu'au désespoir chronique. Gil Jouanard sait être présent au présent, même s'il s'accorde l'ironie de douter parfois de sa propre présence.

18 avril 1996 : Gil Jouanard / JOUR SANS ÉVÉNEMENT / avec Gil Jouanard, Agathe Chouchan, Marc-Henri Boisse et Mathieu Lusson (vielle de gambe) dans des œuvres d'Abel, Marin Marais, Humes et Young.

JOUR SANS ÉVÉNEMENT

Lorsqu'on se trouve, en taxi, arrêté au feu placé à la hauteur de l'Hôtel-Dieu, à l'entrée de la place du Parvis de Notre-Dame, une perspective s'ouvre au regard : celle de la rue Saint-Jacques prolongée, au-delà de la montée que l'on voit au loin, en rue du Faubourg Saint-Jacques. On a peine à croire qu'entre ces immeubles bourgeois du XIXe se pérennise la piste par laquelle, le jour déclinant, les mammouths venaient quotidiennement boire à la Seine. De quelle hauteur descendaient-ils dans la savane? Broutaient-ils, le jour durant, entre la Montagne Sainte-Geneviève et Vaugirard? Ou bien, de leur pas que rien n'arrêtait, balisaient-ils la forêt ininterrompue, des Pyrénées jusqu'aux Ardennes? Voilà ce que l'on peut se demander, avachi au fond du taxi qui nous conduit vers d'autres rebondissements.

Paris, mars 1992.

Il existe, sur le causse Noir, qui s'insère entre le grandiose Méjan et le pittoresque Larzac, une rivière plutôt modeste, qui pourtant suffit, à un certain endroit du paysage, à creuser une excroissance calcaire au point d'y ménager un haut et large tunnel, lieu secret dont le nom qui lui fut attribué par les hommes n'est pas banal, puisqu'ils l'appelèrent Bramabiau, c'est-à-dire Brame-bœuf, à cause de la rumeur rauque et sourde que le passage de ses eaux suscite, sous la voûte qu'elles ont lentement creusée.

Cette rivière infime qui, avant d'accomplir cet exploit souterrain, traverse en sinuant le plateau verdoyant, a été dotée d'un nom tout à fait inattendu, qui semble n'avoir jamais nulle part servi à désigner un lieu, mais plutôt à signifier cette sorte de plénitude intérieure, d'origine et de nature complexes, état idéal dans la constitution duquel entrent la félicité du corps et la béatitude de l'esprit.

Ce nom tout à fait inusité en toponymie comme en hydrographie, c'est : Bonheur. Cette rivière sans prétention s'appelle donc «Le Bonheur». Un panneau de signalisation, fiché en terre à l'entrée du pont de pierre par lequel la route de Meyrueis à Valleraugue la franchit, atteste cette désignation, qui semblerait plutôt, au promeneur lettré, sortie d'une mythique cartographie du Tendre.

Ainsi, Le Bonheur, c'est cela : un ru sans histoire, qui parcourt un paysage sans souvenir. La mémoire dense et drue, légèrement musicale, de rien.

Causse Méjan, ce vendredi 9 août 1996.

Huit heures aux Arcs de Saint-Pierre. Dans la clairière aux ruines indatables, le soleil perce crûment le silence qui emplit tout, aussi loin qu'on puisse écouter. Sauf un corbeau qui hasarde soudain son cri, mais s'arrête aussitôt, interdit devant le mutisme de ce matin cependant grand ouvert. Ils sont tous là, ceux qui donnèrent à ce lieu sans foi ni loi la prestance et le prestige de leur anonymat. Ils sont tous là, cachés parmi les racines de leurs mots tout juste arrachés à l'obscurité du sens. Et ils écoutent nos pas venir sur les rochers sonores ; ils entendent nos voix qui s'extasient, puis qui, sous la poussée de tant de dignité, se dispersent et finiront par s'étioler et par s'éteindre tout à fait. Seuls parmi les rayons, les arcs continuent de décorer la flèche de leur énigme en direction du soleil ou du ciel, ou de rien, au hasard.

Arcs de Saint-Pierre, causse Méjan,
ce dimanche 10 août 1996.

C'est comme une lumière d'église à travers le feuillage du matin, où s'attardent les planements d'oiseaux venus sans bruit du fond du ciel.

Une nuée de papillons blancs, résultat de la prolifération de chenilles de l'été dernier, vient d'un coup traverser l'entrelacement des branches qui s'organisent en fenêtres étroitement ouvertes sur le causse en partance pour les Cévennes de l'horizon.

Cette euphorie bucolique, parmi laquelle aussi les moucherons s'en donnent à cœur joie, n'a besoin pour s'offrir à notre délectation du savoir-faire de nul dieu ni des stratagèmes pervers d'un quelconque Méphistophélès. La chimie ordinaire suffit à l'accomplissement de cette tâche de beauté.

Aussi, regardeur matinal, laissons-nous porter par la liturgie que chantent en chœur lumière et végétation. Et contemplons le prodige de cette divinité qui se constitue sous nos yeux, et qui fait tout pour nous englober.

Ainsi, restitué à cette attention qui devait renforcer la portée du regard des anciens habitants du causse, ceux qui les premiers en désignèrent le moindre interstice, se sent-on naître, forme à forme, de ce que l'on voit, avant d'être remodelé, d'ici une heure ou deux, par ce que l'on commence d'entendre.

Pour l'heure et pour l'instant, c'est le mutisme translucide, où les oiseaux eux-mêmes semblent ne pas oser proposer leur chant.

Être là, regarder, se taire, en croire ses yeux. Comme un peu disparaître.

Saint-Pierre, ce samedi 3 mai, 6 h 50.

Explosion de couleurs dans le matin du causse. Le ciel décoche une alouette dont le chant perce la torpeur du monde. Puis c'est un corbeau seul, ramant de tout son poids dans l'air qui fait trembler les branches. Au large du plateau, des feuilles prennent lentement congé des arbres. Au sol, cela finira dans un âcre parfum dont se trouvera chavirée l'âme même des choses. Le très léger duvet de deux nuages immobiles reflète les efforts de la lumière pour passer du rouge à l'orangé, puis du jaune au vert et au bleu. Le soleil enfin franchit la crête de la Cévenne dont il commence par effacer la silhouette, avant de préciser son embonpoint dans l'uniformité d'un azur remonté de la saison passée. Tant d'insolence à la fin excite le courroux de cumulus qui accourent soudain depuis le sud-ouest, afin que chacun sache sans ambiguïté de qui l'automne est l'indiscutable royaume. Ce changement amène aussi une nuée de passereaux qui font virevolter un ballet d'ombres chinoises parmi les troncs des ormeaux dénudés. Poussé par l'énergie du désespoir, de temps en temps, un rayon réussit à venir jusqu'à la fenêtre, soulignant au passage le jeune, le rouge, le vert ou le gris de l'abdomen d'un de ces oiseaux grappilleurs. Tout cela, cette lutte sourde et cette fragile métamorphose, dans un silence si parfait qu'on l'appelle « silence de mort ». Celui qui fut probablement l'initiateur de la première matinée du monde.

Saint-Pierre-des-Tripiés, le 12 novembre 1994.

Derrière les ultimes feuilles des ormeaux, dont le jaune oxydé brille d'un dernier relent de soleil, la petite église romane continue de s'enfoncer dans le silence sans rémission où se distille la mémoire du hameau. En contrebas, c'est le plateau, aussi désert que la musique répétitive du ciel. À l'est, le mont Aigoual dresse dans le flamboiement du matin une rauque célébration dont n'est plus guère capable l'édifice perdu dans son remords grégorien. Une fois dite et oubliée la messe, reste cette beauté surannée qui s'accroche tel le lichen à ces pierres faites du même mutisme que celui du causse qui les environne et qui constitue leur substance. Ainsi, du vert jaunissant du feuillage et du gris pâlissant des murs désaffectés, renaît un sens sacré du monde, dont s'est exclue la religion.

Saint-Pierre-des-Tripiés, le 12 novembre 1994.

Jacques Rebotier

Poète, musicien, compositeur, metteur en scène et en piste, Jacques Rebotier révèle le chant très obscur de la langue. *Il le fait à sa manière qui est brusquée, ironique, toujours imprévue, toujours inventive. Il joue avec les syllabes et les notes, les échos et les sons, la mise en sens et en non-sens des grands thèmes qui nous agitent : la vie, l'amour, le désamour, le peu de vie. Ces partitions virtuoses et populaires prouvent qu'une telle alliance est possible, que la plus haute technique vocale peut transcrire la rumeur des rues.*

Il y a chez Rebotier une énergie paradoxale qui dérange et réjouit. Ses poèmes sont à entendre comme des pièges qui libéreraient de nouvelles proies — vers une nouvelle écoute, vers une nouvelle déroute. S'il sait donner voix et rire et folie au chaos quotidien, c'est qu'il se tient à tous les carrefours à la fois, s'éclaire aux courts-circuits, accueille le quotidien comme une absence et le verbe comme un non-dit.

23 mai 1996 : Jacques Rebotier / SUR MON CŒUR, SANS LES MAINS, SOUS LES PIEDS, PLUS SI AFFINITÉS / avec Jacques Rebotier et Philippe Fretun, Élise Caron (chant), Jean-Pierre Robert (violoncelle et trompette marine), Pierre Charial (piano mécanique).

TROIS LITANIES

Litanie du coup de la foudre

1 je…
2 c'est lui !
3 j'en suis sûr
4 c'est lui, c'est lui
5 aussitôt j'ai su
6 à l'instant même où il
7 mon sang a fait son grand tour
8 à l'instant même où je l'ai vu
9 dès que je vous ai vu, tu m'as plu
10 dès qu'il m'a regardé, je n'ai plus pu
11 dès ce moment je n'ai eu de cesse de
12 il a suffi que vous, il a fallu que tu
(oui…)
13 mon cœur l'a reconnu au premier coup de son œil
14 c'était en bas, dans la rue, chez des amis, au café
(il pleuvait)
15 son âme tout entière vaut le regard, détour, voyage
16 je vous aime depuis que je vous ai vu avec vos cheveux
17 je vous aime depuis que tous ces yeux que vous m'avez balancés
18 je vous aime pour cette façon dont vous m'avez dit je vous aime
19 je vous aime sur mon cœur, sans les mains, sous les pieds, plus si affinités
20 je vous aime pour c'est comme si nous nous étions toujours déjà rencontrés

21 dès qu'il est apparu, tout de suite il m'a sauté aux yeux et il m'a fait les poches

22 je vous aime pour ce moi qui m'aimais toi qui t'aimais et nous qui n'avons vu que nous

23 j'aime votre tête, j'aime votre bec, et les plumes, et les ongles, j'aime ton tronc

24 à l'instant où, sitôt que, aussitôt que, dès cet instant dorénavant (c'est pas ça du tout)

25 je vous aime pour ma gorge s'est renouée, mon sang n'a fait qu'un, mes veines sont devenues bleues

26 vous m'avez donné le goût des larmes, des chaudes larmes, du sel dans la bouche, du petit salé

27 je vous aime pour tout ce sang que vous avez retourné jusqu'à ce que mon plus grand silence apparaisse

28 c'était chez des organes, il pleuvait, c'était au café, dans une salle d'attente, c'était, c'était là

29 quand je pense que je nous attendais depuis tant de temps, depuis tout le temps, depuis tout de suite, depuis là

30 pour ma sécurité ne tentez pas de monter en voiture au moment de ma fermeture et du chant du départ

31 pour votre félicité entrez sur vos mains courantes en marchant dans ma vie essuyez-vous les pieds (c'est pas ça non plus)

(non...)

32 pour ce qu'avant de quoi je n'existais pas, je ne vivais pas, je n'existais pas auparavant, je n'existais pas vraiment

(non, non vous ne pouvez pas dire cela, Rosalie)

33 je ne pense qu'à vous, je ne mange plus, je ne dors plus, je ne pense plus, je ne pense qu'à nous, je ne pense plus qu'à moi

34 quand je pense, quand je pense que vous (pensez-vous...) quand j'y pense, je me rappelle tant de choses, mais je n'y pense pas souvent.

Litanie du désamour

42 C'est à ce moment que tu ne m'as pas vu, il faisait grand soleil, nous avons alors senti très bien que rien ne va, que rien n'allait, que rien allait nous arriver

41 tout de suite, je me suis dit : fini c'est fini, les motos roulent, les mots parlent, les arbres s'arrêtent, les bicyclettes se regardent : c'est bien fini

40 déjà hier nous n'étions plus très vivants, tu sentais bien un peu le refermé, nous n'étions pas si vivants que ça, on sentait bien que ce n'était pas ça

39 c'était, ç'aurait pu être dans un train, dans un rêve, au restaurant, sur le sable d'un nuage, sur un trajet de non-retour, c'était, c'était nous

38 déjà je ne te disais plus rien, tu ne me disais plus tu, sans doute avions-nous déjà depuis un long temps cessé de nous voir venir, tu disais ?

37 tu m'avais dit : je vais voir et je reviens tu vas voir, je vais voir ce que je peux faire, ne bouge pas voyons je vais voir et je reviens, viens !

36 c'était en traversant la rue tu allais chercher quatorze cigarettes c'est fou les risques qu'on peut se prendre pour quelques cigarettes !

35 écoute bien : la nuit est grave, la nuit nous ment, la nuit dangereuse ment comme elle respire à la santé obscure de nos poumons

34 en cas d'incident, lisez, prenez votre temps, prévenir tout objet permanent ou personne suspecte au trois cent vingt neuf douze

33 j'aurais tant voulu pourtant, je voudrais tant, j'aurais tant voulu que ce soit toi mon prince marchant, et toi ma belle au bois mordant

32 alors une dernière flamme nous a retournés, un

grand besoin de bain de sang, un grand retour de sang, un dernier tour?

31 en cas d'incendie gardez votre sang chaud, ne criez pas au froid, suivez les conconsignes de sécucucurité

30 tant de sang a passé dans l'obscurité, le temps dormait si bien dans son sommeil, et voilà soudain qu'il se retourne!

29 j'aurais tout tant voulu, j'aurais tout l'temps voulu, j'aurais voulu tout le temps, et maintenant voilà qu'il nous sépare!

28 est-ce que je te dis encor quelque chose, ou bien vraiment plus rien? dis-moi dis-moi vite quelque chose (quelque chose)

27 tant que le temps bougeait il était encor vivant, et puis il a cessé tu sais, et il s'est arrêté

27 n'arrachez pas cette note, ne la recouvrez pas par des meubles ou des dossiers, et ne la brûlez pas!

27 le temps aux babines retroussées, le temps diminué de moitié, les trois quarts du temps, le très grand temps

27 il m'a suffi de te voir me voir pour voir que c'était tout, non non tu n'aurais pas dû brûler cette note

26 le temps me vient, le temps repart, le temps-circulation illimité aux urgences, le temps coupé

25 interdiction : ne pas s'arrêter sur les bandes d'absence, attention aux odeurs de silence

24 tout de suite après je me suis dit : il n'y a plus rien à faire, il n'y a plus qu'à rien faire

23 carrefour modifié, fin de priorité, le temps qui passe n'y pourra rien changer

22 j'ai rien vu, j'ai rien compris, je n'ai pas vu la malchance qui se glissait dans mon lit

21 c'était sur l'autoroute, en été, c'était chez d'horribles amis (en effet)

20 en cas de mon absence tirez sur ma poignée, ah, nous avons bien changé…

19 il y a bien longtemps que je ne comprenais plus ce que je me disais

18 et je pensais : quelle est cette langue étrange dans ma bouche étrangère ?
17 une porte qui claque, un papillon de la nuit, c'est fini
16 un volet qui bat, une goutte de robinet, c'est fini
15 maintenant voilà, notre vie n'est pas plus qu'un souvenir
14 le souvenir d'une vie survenue par en dessous
13 le souvenir d'une vie qu'on vivra par la suite
12 un rayon de soleil, une table, fini
11 une vie qui ne nous a plus regardés
10 un véhicule de chantier, un nuage
9 une vie de désilluminé
8 tu dis : c'est fini. terminé.
7 terminablement fini
6 finalement c'est bien
5 c'est bientôt fini
4 c'est bien fini
3 (l'infini)
2 tu dis ?
1 mm...

Litanie du retournement du corps

Toi, depuis le temps que tu te dis que ta peau doit être mieux de l'autre côté, que tes épaules, ta poitrine, ton dos, tes ongles gagneraient à être vus par en dessous, tes cuisses, tes doigts, ton pénis, retournés comme des gants, ou de vieilles chaussettes, ta gorge renversée, ton larynx écortiqué, comme carapace de langoustine au verso de laquelle s'appliquent des pouces, tes phalanges démontées par le menu, tes papilles à gustation une à une rebroussées, désénervées, tes artères nommément déjantées comme soudain ces pneus de vélo, diables jaillis de nos bottes, ton oreille ébigornée, désenfouie, cette soi-disant oreille interne, avec marteau, enclume et je ne sais quel artisanal étrier, tes nerfs dégainés comme l'acier, la veine cave troussée et retroussée comme peau de lapin, ou vieux boudin, ta vessie déballonnée, hérissée comme un poisson-lune, hissée comme un jeu au fil du cerf-volant, ton aorte excavée, tes poumons débroussaillés, tes orteils révulsés, dépenaillés, tes yeux dépeignés, torréfiés, inoculés, anophtalmés, puis dépeignés à nouveau, ton pénis ébouriffé, parapluie qu'une bourrasque a fait sortir de ses gonds, tes cheveux déchaînés un à un Dieu évidemment reconnaîtra les siens, ton oreille à outils (l'autre) enfin désinternée, déterrée en grande hâte avec une fourchette à cerveau, tes reins décapsulés, ta vulve renversée, révolutionnée, qu'on puisse un peu voir de quoi il retourne, tes ovaires décoiffés, rangés l'un après l'autre dans des boîtes à œufs, ton foie éclaté comme une mangue, ton foie exhibé comme un fait divers, ton foie qui demande à être tranché au plus fin pour mieux démultiplier ses surfaces au soleil, ton pharynx désengoncé, ton œsophage déboyauté, ton pancréas percé à jour, ta trachée précipitée face contre terre dans la position de la pire humilité, et ton estomac : retournement d'estomac dans son exceptionnelle situation, vieil estomac, avant-déluge, sac à pattes, que ton tube-à-digérer tout entier soit balancé de l'amont vers l'aval, jeté cul par-dessus tête, et particulièrement échiqueté, tortillonné, torsionné, comme un anneau de Mœbius qui aurait mal tourné, ton intestin patiemment écouvillonné, je ne veux pas voir un centimètre carré de la paroi interne de ce gros et de ce petit côlon qui ne soit proprement remis à sa place, que chacun d'eux soit rendu à sa nature vraie jusqu'au dernier de tes pores et toutes moelles dehors le dernier de tes derniers os, jusqu'au dernier de ton premier paléo-cerveau, hémisphères à deux dos, gorgés de tout, pleins de faux, hurlant qu'on les étale enfin aux quatre points de — mille milliards de neurones palpitant dans la nuit comme villes-lumières — la planète. Ah, depuis le temps que tu te rêves non pas seulement sens dessus dessous mais sens dedans dehors, depuis le temps, enfin, ah, oui, pouvoir enfin te retourner sur toi-même...

Inédit.

Jean-Pierre Verheggen

De La Grande Mitraque *à* Ridiculum Vitae, *en passant par* Le Degré Zorro de l'Écriture, Divan le Terrible *et* Artaud Rimbur, *Jean-Pierre Verheggen mène à bride abattue l'une des plus toniques chevauchées verbales de ces trente dernières années. Poète phénomène, poète énergumène, il est l'inventeur d'un genre nouveau, l'opéra-bouche : un opéra où il opère à vif, où il profère à la vitesse du son le parler grand nègre qui produit l'ouïssance, à la fois jouissance* de *l'oreille et jouissance* par *l'oreille.*

En liberté dans les fourrés et les coups fourrés du langage, Verheggen donne une œuvre qui est à recevoir dans la résonance ferroviaire de sa voix, avec sa verve de grande déferlante, son swing de boxeur des lettres, sa fantaisie féroce. Le souffle, ici, charrie tous les essoufflements. Le chant, ici, est de savante cacophonie. La poésie, ici, s'octroie le burlesque et l'outrance, le tragique et l'outrage. Elle est sans frein, sans remords, sans pitié. Elle jubile en désespoir de cause. Elle cause pour solde de tout compte.

Ici, l'artiste se refait le portrait « en gros Trav'lo d'mots », « en Style Nouille », « en Dieu grec » et même « en Hercouille de Foire »... Jean-Pierre Verheggen est belge et n'en conçoit nul déplaisir.

26 octobre 1996 : Jean-Pierre Verheggen / ENTRE ZUT ET ZEN / avec Jean-Pierre Verheggen, Michel Liard et le saxophone de François Corneloup.

Vive le poézi

Non, Monsieur ! c'est dans les Bianales que l'on rencontre les meilleurs poètes trous d'balle ! C'est dans les festivals qu'on trouve les meilleurs poètes festivaux mais c'est en écrivant dans les travails du forgeron qu'on fourche les meilleurs écriverons !

Le Poézi n'a pas de règle, il est tout entier dans l'exception régulière ! Relisez à ce propos Gérard de Naval ou Nathalie Sarrau. Relisez Stendhaux ou Edgard Poe si chou. Ou Jarry dans le Père Hiboux, Saint Pal Roux ou Sainte Bernadette Soupirail ! Quel éventail ! Quels éventaux électoraux ! On n'a que l'embarras du choix !

Veut-on des poèmes qui soient de vrais régaux (qu'on règle cash à la fin de l'envoi) ou les meilleurs parmi les poètes bancaux (dotés d'un solide compte à numéros) ? Il n'y a qu'à lever le petit doigt. On peut même vous transformer illico un bordereau de liquidation en un liquidateur de Bordeaux Supérieur ou vous amener sur l'heure des poètes austraux qui réécrivent en Hongrois *Le Magyar de Mademoiselle Beurlemans* en flamand d'làbas ! On peut tout ça ! On peut tout ça !...

Car — s'il le faut ! — on parlera le javanais. On parlera le fourmillais du dix-huitième. On parlera le fourmillais du dix-huitième mètre. On parlera le desnossais. On parlera avec un chapeau sur la tête. On parlera le népalais. Le Thibetais. Le bouthan. Le chinais et le chinel de Fosses avec un yatagan. On parlera le sri Lacan et le sri laquet dans l'texte. On parlera le japonais express. On chantera — le Poézi est un chant, n'est-ce pas ? — on chantera le Japon. J'ai du japon tabac dans mon tabatiais. On chantera Yamaha. Yamamaha mon sherpa est perda ma la moto du Dalaï Lama est ritrava. On chantera Mitsubishi mi riz au lit i perdi, mi li boli vidi i ritrivi. Ah ! oui, on chantira : Vivi le Poézi ! Vivi le Poézi ! Vivi ! Vivi lui !. . . . .

Inédit.

Portrait de l'Artiste en Hercouille de Foire

à Ivar Ch'Vavar,
inventeur picard.

Singe de quête et montreur de quèquette !
Crieur pubis !
Ramoneur de Ramona !
Danseur de vulves de Strauss !
Monstre de Balloches-Ness dans un Palais d'Erreur !
Hercouille de Foire !
Tous les métiers ! Tous ! Il les a exercés tous !

Bijoutier de famille chez Van Cleef et Apoils !
Berger chez Mouton-Rothschild
ou Facteur d'amour pour femmes chevales !

Toutes les femmes ! Toutes ! Il les a aimées toutes !

Naphtaline Renaud — dans une vieille armoire ! —,
Marguerite Durex et Marguerite Durable
(deux increvables),
Sodome et Godot,
Saint-Pierre et Micheton : même les garçons !

Que mec, comme disait Sénèque (1er siècle) !
Quel mec,
ce Verheggen (1942 — Fin vingtième sexe) !

Portrait de l'Artiste en Don Jouant du Manche

Si précoce, tellement !
Tellement bon comme débutant, qu'à neuf ou dix
ans, on m'surnommait déjà : Débujuan !
Puis, en l'espace de deux ou trois ans, Don Jutant !
Tellement véloce ! Si crachouillant ma sauce ravigote,
qu'à treize ou quatorze ans, on m'appelait,
aussi sec : Don Jouant constamment navec ! (mais ça,
c'est quand de jeune enfant, je m'étais transformé
en un solide enflant, doublé d'un bel adolescent,
adepte du Don jouït Yourself, et ne jurant, poignant,
sur la tête des frêles demoiselles, que par ma mainde-
moiselle de Vive Poignette personnelle !)
Puis,
plus prudent : Condom Juan du jus de ma zézette !
Puis,
m'enflammant, un seul slogan : Allons, z'enflants !
Allons d'plus belles ! (eh oui ! au pluriel, c'est évident !)
À vingt ans donc, me retrouvant, flanqué d'mes
mil e tre juments ! Oui ! Don Jument, vraiment !
Etadon Juan, efflanqué certes, mais fringant jusqu'à
trente ou trente-deux berges, pratiquement !
Puis
à quarante ans tout ronds, me découvrant subitement
un p'tit bedon de Bedon Juan, mêlant un pneu mon
ventre et le souvenir de mes ex-vamps, dans le même
mouvement de la langue ! Me retrouvant bidon !
Bidon, totalement !
Ne déplaçant plus qu'du vent !
Oui ! Bidon Juan !
Bidon, vraiment !
Puis me mettant à m'dégonfler pour

de bon rétrécissant ! Paraissant un très riquiqui vieux Don Giovanni ! Avachi, décati, et tout racrapoté sur son divan !

Puis de plus en plus vanné ! De plus en plus flapi et de Don Gioavachi me retrouvant Don Giovanné, changé qui plus est, en Statue du Commandé par mon Elvira-du-moment, devenue, elle aussi, avec les derniers outrages du temps, mon Elvirago déchaînée, me gueulant : « — Qu'est-ce que t'es emmerdant !

Qu'est-ce que t'es chiant ! Ô Don chiant ! Don Chiiiaaaaaant ! Ô Don chiiiiaaaaaaannnnnnnnnnnnt ! »

Ma vie avec les femmes de ma vie ! *(Éloge des femmes de ma vie)*

Hit des femmes qui m'ont crapuleusement trahi : Othella (une jalouse à crever) ; Iaga (une traîtresse ! Une traîtresse qui m'a rendu gaga, Iaga, ma chute du Niagaga — 50 berges ! —, ma décrépitude, mon désespoir, mon accélérateur de vieillesse !) ; Quasimoda (une monstresse) ; Pinocchia (une menteuse !) ; Placeba (une illusion) ; Tire-Lariga (une sulfureuse confondant bonbons et bambinette !) ; Waterlaa (une nouvelle défaite) ; Avanti-Popola (un pécé d'jeunesse ! un seul diktat dans sa p'tite tête : En avant mon Popol, c'est à toi !) ; idem avec Duplicata (à chaque coup, deux fois !) « — Ah ! Saint Cucufa, priez pour mou, priez pour moi ! Je n'en peux plou, je n'en peux ploute ! — » ; Chicaga (une voyoute) ; Gratis Pro Dea (une pute prête à tout ! Prête à toutes !) ; Impétiga, la sœur de Persona Grata (un incessant prurit d'la chagatta !) ; Championna (une shampooineuse aux gros bras) ; Toundra (froide dans l'dos et la toison à ras) « Ah ! Je steppe en voie ! Ah ! laissez-moi ! Je veux mourir ! Au secours ! Au sexcours ! Au sexcours ! À moi ! — »

Michel Butor

Une parole fleuve qui garde la fougue et les débordements du torrent, une marée de mots en submersion permanente, mais aussi une parole démontée, explorée en ses rouages, soudures et fractures, puis reconstruite, architecturée selon d'autres plans, d'autres logiques, d'autres rythmes, jusqu'à inventer, par-delà des sédimentations de syllabes, un verbe nouveau, un souffle qui traverserait rochers et forêts, laves et cendres, ciels et abîmes, pour jaillir étourdi, désemparé, toujours violent, toujours ébloui au spectacle du monde et des hommes.

Dans l'œuvre au long cours de Michel Butor, la poésie a pris une place toujours plus vaste, à la mesure de son formidable appétit de découverte et d'expérience, à la mesure de l'immense liberté qui l'anime : les formes, les bruits de langue, les images, les méditations explosées, les improvisations érudites, trouvent spontanément place au sein de compositions qui tiennent de la symphonie, de l'oratorio, voire de la fresque. Butor sait manier le langage comme un peintre sa palette ou un musicien son instrument, il veut tout signifier, tout suggérer, tout recréer, qu'il s'agisse d'un tableau, d'une mélodie ou d'un périple en eaux profondes.

Sans doute faudra-t-il un jour lire l'ensemble de ses compositions comme un défi de démiurge acharné à réinventer la Création, avec çà et là des notes vibrantes et pures, des soupirs d'anges ironiques, des pensées abyssales et le désir d'un horizon d'écriture pareil à un écho qui n'en finirait pas.

28 novembre 1996 : Michel Butor / BALLADE DU ROND-POINT / avec Michel Butor, Michaël Lonsdale et Alina Piechowska-Pascal (piano et chant).

Au-delà de l'horizon

Au-delà de l'horizon le rouge est plus rouge, l'œil est plus vif, l'or est ce que l'on croyait quand on le cherchait, le passage entre la plage et les vagues se fait en toute douceur, les fleurs s'épanouissent au fond de la mer et les algues remuent doucement sur les toits de tuile comme une chevelure de lierre.

Au-delà de l'horizon il n'y a ni formalités ni tampons, ni discours électoraux ni fabrication d'armements, les hélicoptères ne font pas de bruit, les enfants jouent avec les flammes, et les oiseaux lancent artistement des fientes de couleurs odorantes sur les bitumes phosphorescents.

Au-delà de l'horizon il y a d'autres horizons où les vrilles des lendemains font irruption dans les jardins d'attente, où le temps se retourne pour apaiser les effrayants appels d'antan et les flammes de morts se raniment dans leurs orbites pour peupler l'espace en invitant les aventuriers, où la patience de tant de siècles touche enfin à sa récompense et l'on peut y secouer les haillons de l'ancienne humanité presque sans regrets.

Dans les flammes

(chanson du moine à Madame Nhu)

(extrait)

Les commissures du feu.
La herse qui suce les branches.
Tu te ris de moi, inaccessible penses-tu...
La peau du feu.
La gueule qui se plisse ricane dans les étincelles bleues jaunes bleues.
Et les tourbillons de la fumée retombent.
Le souffle du feu.
Le grognement qui s'étend pousse sa bave pousse les brandons se dilate.
Tu vas jusqu'à me tendre ta main.
Le front, les tempes.
Le masque du fer noir qui souffle s'épanouit dans les galeries blanches.

Le sang.
La langue qui s'élargit dans les taillis du feu.
Te voilà séparée de toi-même !
Et les épaisseurs retombent.
Les muscles.
Les oreilles noires rouges du feu rouge bleu qui jaillissent bleu violet grondent jaillissent
Tu te vois brûler.
Et les draps retombent.
Les tendons.
Les nervures du feu qui se tendent.
La chevelure.

Les bracelets noirs d'yeux noirs du feu orangé qui s'accrochent aux créneaux se crispent.
Brûle !...
Et la taie retombe.
Les boucles.
Les remparts rouges du four rouge qui déploient leurs tissus mordorés de feu.
L'échine.
La crinière noire du feu bleu qui s'enroule aux piliers jaunes se tresse dans les salles jaunes s'enroule.
Tu me révèles alors ton pied.
Et la paupière retombe.

Les épaules.
Le lierre du feu qui se courbe sur les tours aux brèches d'or.
Je plonge tes yeux dans mes yeux.
Les poils.
La noire échine du feu rouge qui plonge dans les manchons d'écorce qui s'ouvrent verts plonge dans l'arsenal d'épées de cuivre.
Et l'obscurité de la fumée retombe.
Les hanches.
L'encolure qui se hérisse le poitrail outremer les épines du feu qui se creuse dévale dans les cirques de moire.
Sens-tu mon enfer ?
Les charmes.

Le poil noir le pelage bleu noir la robe bleu blanc du feu pourpre se développent sur les lits de flammèches d'azur s'arrondissent dans des alcôves de flèches se développent azur.
L'un de nous tient un œil ouvert sur toi.
Et la nuit retombe.
Les chevilles, les talons, les jambes.
La fourrure du feu qui charme rouge pétille les sabots orangés dans leurs stalles de cendre qui charment pétillent se dressent dans leurs torils de sinople pétillent.
Au moins j'ai réussi à te rendre furieuse !
Les secrets.
Les ruades les jarrets noirs le galop la marée cramoisie des glaives qui frappent trépignent dans les puits noirs frappent trépignent cramoisis s'affinent dans les fours sang soutiennent les gaines de feu cramoisi s'affinent.
Et la croix de la fumée retombe.

La lubricité.
La course la queue du feu attisent la forge caressent les antres de charbon attisent caressent les éventails d'étamines rubis les couvrent d'écume les caressent.
Renversée...
La soif.
La hure noire du feu se déchaîne règne sur le fourneau rouge règne sur le gril bleu engloutit les graines jaunes règne écarlate engloutit les épieux grenat réclame écarlate engloutit.
Et le taureau retombe.
Les mains, les doigts du feu.
La fournaise hurle dévore blanche hurle corolle de stylets amarante et de crosses blanches dévore les bûches de feu se ferme dévore.
Il est bien temps vraiment de t'incliner vers moi ! Je gagne.
Les articulations, les ongles, les paumes du feu.

Les plumes noires les châles de gueules les étendards noirs les flots de poudre du feu voilent les broches de gueules les lézardes garance chatouillent et voilent les nœuds les fourches de gueules.
Mais je vois bien que c'était encore pour te moquer !
Et le lion de la fumée retombe.
Les poignets, les saignées du feu.
Les palissades rouges les branchages de feu craquent griffent les noyaux vert rouge vert craquent les crochets griffent les arquebuses les fouets claquent les rochers carmin griffent vertes les lames claquent.
Et le dragon de la fumée retombe.

L'haleine.
Le fourré
qui mange.
Tu m'échappes !
Le mufle
du feu noir
qui languit
parmi les grilles.
Je t'ai touchée, n'est-ce pas ?
Les nuages retombent.

épaisseurs
zée boucles
bruissements
astres baisers veilles
bruyères bises
brasier colères calculs
diadèmes drapés druides drogues
mais du moins te voilà séparée de toi-même

Trappe

Il suffit de soulever la barre
pour vous faire accéder
à un autre niveau

Il suffit de descendre
au long de cette rampe
et l'on atteint le royaume des cavernes

Il suffit de grimper
au long de cette corde tendue
et le panorama jaillit dans la lumière

Il suffit de ramper au long
de ce tunnel pour atteindre
la liberté de l'autre côté des murailles

Il suffit de nager dans ce fleuve profond
pour que le sang de la jeunesse
irrigue à nouveau notre corps fané

Yves Buin

Yves Buin a fait de minuit, du crépuscule, du petit jour, les royaumes fraternels des apatrides, des exclus de l'ordre du monde. Par temps de rhétorique glaciaire, sa poésie est une haleine qui réchauffe les doigts : rêves et rythmes, sursauts d'un batteur de jazz et parcours qui donnent au réel les chances de l'imaginaire.

Le visible, l'imprévisible, la solitude, le déplacement plutôt que le voyage, le sens des carrefours, l'insomnie des aéroports, un arrêt de bus déserté où se sont réfugiés quelques noctambules irréductibles, des êtres qui ne tiennent à la vie que par le fil ténu du blues, la mélodie du désespoir qui régénère, la houle du souffle et du sang qui éclate comme un rire, un sanglot, une colère en état de révolte dépassée… Voilà, de La Nuit verticale *à* 110e rue à l'Est, *d'*Epistrophy *à* La Retraite de Russie *ou à* Bornéo après la nuit, *ce qui compose une déambulation d'écriture impeccablement décalée.*

Car depuis les années 60, Buin sait comme personne manipuler les manipulateurs — théoriciens d'eau douce ou vieux chacals de retour à la salive brune et pestilentielle —, il swingue avec les discours, les tics de l'autorité, la science et la fiction. Il invente des dérives au bord de tous les vertiges et témoigne d'une tendresse infinie pour les âmes vacantes.

19 décembre 1996 : Yves Buin / QUELQU'UN DEMANDAIT SON CHEMIN / avec Bernard-Pierre Donnadieu et Yves Buin, avec les musiques de Jean-Rémy Gédon, François Verey, Jean-Philippe Viret, les bruitages de Bertrand Amiel et les voix de Kata Varga et Ludivine Laveine.

Quelqu'un

C'était le temps des guitares approximatives,
du dandysme marginal,
du rêve bleu.
C'était le temps des samedis,
des matins,
de la rue de l'Ouest.
Quelqu'un cherchait sa vie dans les cafés.
Timide,
la réserve haletante,
l'illumination dissimulée,
fou intérieur,
dans l'amour de la poésie,
gaspillé,
éperdu.

Quelqu'un voulait l'aristocratie
et la pauvreté,
l'alcool nocturne de la rue d'Odessa
et la pureté d'un exil de montagne,
la sonate subtile,
et la chanson du métro,
la page glacée de la revue de luxe
et les mots jetés à la hâte sur le papier d'occasion,
la porte océane
et les pas perdus,
connaître l'au delà des réalités visibles
et se promener parmi les artistes féconds,
les écrivains,
les infréquentables.

Quelqu'un était l'écho de musiques nègres,
des rejetons barbares de la nuit occidentale,
sensuels,

graveleux,
diamantifères.
Des noms couraient sur ses lèvres
comme les messagers fidèles
des inoubliables mélodies,
des petits miracles,
à la cour ésotérique du roi Dionysos.

Quelqu'un était sur le bord des incertains,
dans l'espace inédit,
les émotions,
les impuissances,
les échecs,
les répétitions,
choisissant les masques,
les naïvetés,
les apparences,
pour échapper.

Quelqu'un s'occupait des grandes choses de l'esprit.
Quelqu'un attendait les révélations de l'être
et regardait du côté des initiés,
des vieilles âmes,
des regards d'Orient,
de ceux qui ne peuvent pas dire.

Quelqu'un ouvrait la porte des silences méditatifs,
et rencontrait la caresse trompeuse de l'exotisme,
les faiseurs embusqués de l'Ultime,
car la vérité n'est pas chose simple
et la poésie petite affaire.
Trop s'en soucier égare.

Quelqu'un demandait son chemin.

J'étais

J'étais polaire, j'étais une mort.
J'étais le grand courant, les principes
J'étais les ondes, le choc
J'étais le faisceau rouge, la vallée
J'étais le vent et des paillettes
J'étais des écritures, le fond d'une caverne
J'étais des agitations, du soleil,
J'étais des formes de vie, des éléments, des surfaces, des mondes
J'étais la petite musique, l'inédit
J'étais un vieux chien
J'étais la rosée, un temple, du cristal, une fleur magique
J'étais un nom
J'étais une halte dans le silence
J'étais le hasard de la vie
J'étais un rêve dans un rêve, un lieu d'éternité
J'étais le labyrinthe du cœur
J'étais le temps mouillé, des regards, une personne
J'étais le lichen, les rochers
J'étais la lutte, l'immensité
J'étais seul et voilé dans les ravins de lune
J'étais serpent, gardien de la pureté
J'étais la peau tendue, les mains, les sons, les écumes, les transes sauvages
J'étais une lettre mystérieuse effacée sur une pierre
J'étais un inconnu marchant vers le nord
J'étais parmi les cris
J'étais dans les images
J'étais la cendre d'un feu de plaine
J'étais une pente
J'étais une rage soudaine
J'étais un déferlement barbare, dévastateur

J'étais des voyages
J'étais des ponts
J'étais des escales
J'étais des bruits
J'étais du sang, une chaleur divine, un animal
J'étais quelqu'un sur une table d'urgence, oublié
J'étais un caillou roulé depuis la mer
J'étais un arbre arraché à l'horizon, jaune
J'étais un peintre, les pays baltes
J'étais un nombre étrange
J'étais résonance, atome
J'étais un cavalier noir brûlant les infidèles
J'étais un vieil homme avec un violon
J'étais une tache de lumière sur une table
J'étais une main qui travaillait
J'étais un aveugle cherchant une rue
J'étais des femmes, des apparitions, des pensées
J'étais un mur blanc avec des odeurs de pain
J'étais la rumeur, l'escorte d'un prisonnier
J'étais enfui
J'étais une maison, la vie des gens
J'étais un champ avec des cavaliers fantômes
J'étais un vol brisé, une chute, une promesse inestimable, inaccomplie
J'étais une espérance, une lucidité, un pari
J'étais irrespirable
J'étais ce que la flamme est à la bougie
J'étais porté disparu
J'étais le fruit dans un fruit
J'étais un partisan de l'univers
J'étais un nomade assis près d'un chameau
J'étais une figurine imaginaire tracée par des mains hésitantes
J'étais l'enfant dansant son agonie sur les sables de l'infamie
J'étais un des pas de la malédiction
J'étais des rendez-vous

J'étais des plantes miraculées
J'étais la poussière tombée des icônes
J'étais des rencontres
J'étais des langues savantes, inusitées
J'étais un tunnel
J'étais des espaces grandioses, inaccessibles
J'étais debout parmi mes frères
J'étais aux origines du monde
J'étais les fugitives présences qui passent
J'étais les appels
J'étais les ombres muettes
J'étais le froid dans un homme qui s'approche du feu
J'étais la pluie sur un visage
J'étais l'histoire de quelqu'un
J'étais l'ignorance
J'étais étalé et coupable
J'étais visité
J'étais la nuit, une antilope, un piège
J'étais un retour
J'étais la route, l'or, les terres lointaines
J'étais les crabes, l'océan indien
J'étais une cérémonie, une clairière
J'étais ce qui se débat loin de nous
J'étais des questions
J'étais les pierres blanches, immaculées
J'étais les expériences, les résultats, les solutions
J'étais une souffrance et des animaux qui venaient boire
J'étais l'ennui, les planètes
J'étais ainsi.

Inédits.

Bernard Noël

Engagée à contresens, la poésie de Bernard Noël ne cesse à sa manière de traquer le mystère de l'incarnation. Elle est vibration d'une voix blanche arrachée à cette mécanique humaine qui pense, qui aime, qui souffre, qui rêve et s'acharne à faire souffle avec de la peau et des os. Elle est aussi ce lancinant défi au grand silence de Dieu : comment la chair peut-elle donc retourner au verbe ? Et comment, mot à mot, ôter une lettre à la mort ?

Mais le parcours de Bernard Noël, et l'expérience intime qui le fonde, ne s'en tient pas à prendre langue et à tout miser sur des bruits de bouche. Il a pour perspective essentielle de rendre sens, par là d'inventer un espace délivré de l'ordre marchand qui asservit autant les corps que les têtes. Dans un essai décisif, La Castration mentale, *Noël a analysé ce processus meurtrier qui livre la création au commerce et passe la conscience par profits et pertes.*

« Si ce choix persiste, *écrit-il,* et tout indique qu'il persistera puisque le politique est désormais soumis à l'économique, la culture — c'est-à-dire l'extériorité de la pensée collective — est condamnée à ne survivre qu'intériorisée chez quelques individus, qui n'auront plus qu'à s'organiser en collectifs monastiques. »

L'ironie de cette notation finale, pour évidente qu'elle soit, n'était nullement gratuite. Quelque temps après l'avoir énoncée, Bernard Noël prenait le chemin du Mont Athos. Hors croyance, ce devait être une quête intense dans la lumière et les ruines, même s'il n'était question que de passer — et d'inscrire ce passage en mètres de onze pieds, afin que la mesure y soit, mais impaire, ouverte à la blessure et hantée par le manque.

23 janvier 1997 : Bernard Noël / LE PASSANT DE L'ATHOS / avec Hugues Quester et Bernard Noël, musique de Renaud Garcia-Fons.

LE PASSANT DE L'ATHOS

(extraits)

un mot cherche mon cœur moi autour de lui
je cherche comment s'accroche à son présent
un peu de cette chose qui flotte ici
partout dévastation ruines et cependant
que sa belle image est mordue par le temps
saint Jean trempe sa plume dans la lumière
d'un geste égal mais le jet lumineux vise
on ne sait quelle partie du corps voici
des mouches elles vont butiner sa poussière
puis s'envolent vers le cul-de-four où Dieu
a tellement noirci qu'il est négatif
l'aigle et Jean même auréole et plus qu'une aile
au lion de Marc l'œil un petit lac de larmes
Luc le visage mangé par le moisi
est devenu un nègre à la barbe blanche
plus de Mathieu juste un trou dans le mortier
et quelques os de brique rose un frelon
tire mon regard vers là-haut la coupole
au premier cercle les restes d'une épaule
dans le second huit anges chacun six ailes
deux vers le bas deux vers le haut deux ouvertes
le tout d'une sensualité extrême
chaque ange paraissant par deux fois pourvu
de la zone bien fendue que les humaines
n'ont qu'une fois et l'amour serait à faire
dans un embrassement du haut et du bas
circulaire et sans fin une roue toujours
en mouvement le même frelon descend
vers la coulée de fiente fraîche mon œil

enflammé pourtant n'ose pas s'en servir
mais je confonds peut-être fiente et fiel
et me voilà au milieu d'aujourd'hui
le regard soudain cassé par le soleil
le vide et la peur de l'escalier pourri
les yeux tâtent l'air sur leur gauche et surgit
la brusque surprise
                                        le Blanc le Blanc le Blanc
pousse au fond du ciel son érection de craie
et par-dessus vie mort et réalité
plante un formidable NON à leurs raisons

...

aucun corps là-haut chez les anges à six ailes
leur sensualité s'accroît de ce rien
mais s'envoyer en l'air pour une auréole
n'est-il pas de bonne guerre virtuelle
moi qui tous ces jours-ci n'ai pas plus de sexe
qu'un petit Jésus j'écoute au loin des mots
grecs bulles de son pareilles à ces mystères
qui roulent dans l'espace et fond dans l'oreille
des pets il y a davantage de mouches
qu'hier mais les pigeons n'ont rien ajouté
je suis venu voir le Blanc
                                                    il est coiffé
d'une pyramide laiteuse le seul
nuage en vue dans tout le ciel coton qui
couvre ainsi la violence de la durée

...

l'image et le mot sont-ils liés ou bien
l'un toujours après l'autre pour que le voir
ou le dire l'emporte chacun son tour
ce que les yeux ont vu là-bas être vu
ne lui suffit pas cela s'érige et rôde
et rue contre le mouvement du poème

mais qu'est-ce qu'un élan minéral et blanc
un silence vertical un temps de pierre

...

l'arracher de mes yeux en faire autre chose
me disais-je en montant l'escalier de marbre
qui donne sur le vide ensuite je marche
sur la crête d'un mur puis sur de vieilles planches
rongées par la pluie le soleil cette fois
je sais où il se trouve et il est bien là
mais tout gris dans la buée bleue le bois craque
sous mon poids ou le torrent de lumière

...

assis dans la fraîcheur en ruine je vois
la plume de Jean prendre l'air comme fait
la langue pas la mienne qui tourne en vain
un bout de souffle et n'en tire pas de forme
un bout de plâtre tombe de la coupole
et crée de la poussière avec ce qui fut
une feuille à ma main semblable et pourquoi
suis-je troublé par l'intacte l'implacable
jeunesse des quatre colonnes de marbre
leur peau si transparente dans le soleil
leur galbe insolent de sirènes de pierre

...

très ordinaire un pic ce matin flanqué
d'une double pente qui sert d'horizon
un saint décoloré dans sa niche et moi
regardons le ciel un peu de vent souligne
le silence à gauche un bâtiment ruiné
le feu a cuit les pierres tordu le fer
la cendre qu'on voit serait celle des livres

...

les mots se passeraient bien des choses comme
les doigts des morts n'ont pas besoin d'être utiles
le tonnerre au loin remue un tas de caisses
vides les quatre ifs de la fontaine indiquent
la direction de l'immobile la terre
tourne sans faire crier l'air juste un rond
remous bleu dans l'épaisseur d'on ne sait quoi

…

dans le ciel buée blanche au levant buée
rose au couchant Vénus marque le plus haut
la bouche d'ombre a mangé saint Jean et moi
chassé par le noir de la chapelle grecque
je suis seul sur la passerelle de planches
j'attends la fin et l'autre commencement
le Blanc est gris un fantôme ourlé d'écume
grand silence partout puis un grillon gratte
sa crécelle pas de pensée la présence
du présent tout à coup un roulis d'averse
dans la proche montagne un torrent d'air
qui n'est plus qu'un souffle en arrivant ici
trois étoiles pointent je leur prête des noms
elles sont en fait le timon du chariot
une lueur grandit derrière l'église
mon visage attend son flot avec ferveur
ô qu'il baigne dans mes yeux la vie passante
et que cette lune soit la renversante
qui fera venir le corps au bout du nom
mille étoiles à présent et le bleu noircit
on dirait que le plus profond fait surface
et met sur elle ce qu'il gardait dessous
la lune est cachée derrière une coupole
la corniche en fait rejaillir la lumière
comme fait une pierre sous un jet d'eau
l'aplat des planches est un velours de chaleur
je m'allonge dessus la nuque posée
sur un morceau de marbre et vient le sommeil

quand la pleine lune perce mes paupières
elle est au milieu du ciel et c'est un point
une roue d'or un œil au sommet du Blanc
mais qui lune ou roc fait jaillir l'aura blanche

François de Cornière

Poète à la voix claire et au regard aigu, François de Cornière a la passion du silence et de la solitude qui décuplent l'écoute, grandissent l'espace, alimentent le souffle. Sans jamais hausser le ton, il donne de la hauteur aux sursauts du quotidien, aux perceptions cocasses ou tendres, aux surprises du temps qui passe, à l'amitié d'un geste ou d'une parole.

Les titres de ses livres disent pourtant, mais comme sans insister, la violence de vivre : Tout doit disparaître, Pour un peu, Des cailloux qui flottent, Longtemps après la soif, Partir pour de bon…

Car si la poésie de François de Cornière se veut viatique, si elle prend souvent l'allure de la fable, c'est pour venir au plus près du réel. Du réel qui lègue de la densité aux choses et d'infinies résonances aux souvenirs d'un moment de plénitude ou d'un instant de fatigue. Surtout, chaque sensation se trouve reprise dans les mots et comme caressée, apprivoisée, acclimatée à ce présent nouveau du conte ou du poème.

D'une expression toute faite qui s'incarne soudain dans une attitude, une saveur, une nuance d'ombre à peine visible entre le soir et la nuit, François de Cornière fait un secret fraternel, un rire complice, voire une bouée de sauvetage. Il l'affirme d'ailleurs volontiers : « Tout est une question d'approche. » Ce qui, chez lui, veut dire aussi : tout est une question d'émotion et de partage.

27 février 1997 : François de Cornière / LE CHEMIN DE NOS TRACES / avec Marcel Maréchal, Louis-Basile Samier, François de Cornière et les musiques de Sylvain Diamand.

Les boules de pétanque

Quel bruit elles font
les boules de pétanque
quand elles se cognent
aux rires qui portent jusqu'à moi
la joie de ce coup-là !

Vous êtes dans le chemin
l'un au bout de sa vie
l'autre encore au début.
Sous les châtaigniers vous jouez
à dégommer du jour
des étincelles d'or ou de plomb.

Et j'écoute les boules de pétanque
quand je ne vous vois pas
là-bas à l'ombre des grands arbres.

J'entends bien tout cela
qui part de votre main
retombe sur des cailloux pointus
ou sur cette sorte de boule
que je roule dans la main
moi qui ne vise rien sauf

mon poème arrêté
une image de vous
et vos rires vos rires
dans l'été
qui s'envolent.

Quand une ampoule grille

Quand une ampoule grille
il se passe un moment de gravité.

L'objet est encore chaud.
On le secoue près de l'oreille
et on entend le bruit
du petit fil qu'on voit.
Qui a lâché.

Alors on cherche dans un tiroir
et on monte sur une chaise
jusqu'à la lampe
au-dessus de la table.

Dans le silence des yeux levés
c'est la lumière qu'on cherche maintenant
« à rétablir ».

Mais autre chose nous a claqué
entre les doigts pendant ce temps.

Il reste à savoir quoi.

Mes pas derrière mon cœur

Même si vous n'êtes plus
que des mots dans mes poèmes
— des pronoms personnels
qui pour moi ont des corps

des gestes des paroles —
c'était pour toi pour vous pour nous
ces phrases où j'ai laissé
mes pas derrière mon cœur.

Et si l'eau est venue tout recouvrir
ou de la terre la terre
et des ciels d'autres ciels
je n'oublie pas
— vous qui n'êtes plus que des mots
dans mes poèmes —
que sous l'eau la terre le ciel
je suis relié à vous
qui me reliez à moi.

Alors je continue
de vous parler
de t'embrasser
de nous croire mortels
et d'écrire quelquefois des poèmes
où mon corps mes gestes mes paroles
sont ces cendres encore chaudes
sous mes phrases où vos pas
c'est mon cœur.

On n'aura plus le soleil

« Dans cinq minutes
on n'aura plus le soleil. »

Et l'ombre je la regarde
qui gagne du terrain
et qui glisse sur l'herbe
devant la maison.

Bientôt elle va toucher
la chaise où j'écrivais
le fauteuil où tu es.

Mais nous aimons attendre
le dernier moment
avant de nous lever
déplacer nos sièges
prendre nos affaires
aller un peu plus loin.

Le dernier moment toujours
pour que le temps achève son tableau
où nous sommes assis
comme des voyageurs dans un coin de l'été.

Mon espadrille c'est la limite la signature
mais nous seuls le savons.

Les clémentines de la nuit

Fraîches dans la main
quand je vais les chercher
les clémentines de la nuit
j'en connais le goût.

Un coup d'ongle ou de dents
et le jus sur les lèvres
mais nous n'en disons rien
ou simplement « c'est bon ».

Nous enlevons la peau
nous détachons les quartiers

nous partageons au bord de notre lit
ces minutes comme les fruits
sans les compter.

Mais quand je porte dans la cuisine
les pépins et les petites robes
sur le bord de l'évier
je vois tout le prix briller
des nuits de clémentines :
longtemps après la soif.

Michel Bulteau

Un regard qui ne s'attarde pas, une découpe de la voix, des mots livrés au tranchant du souffle, à la tension des nerfs, à l'impatience du vertige : Michel Bulteau est un sujet poétique très peu identifié. Comme un météorite renaissant, toujours décalé dans le sillage des jours et des ombres, avec ce tempo du mental et cette allure de funambule qui force l'allure sur de doux éclats de rock n'roll.

S'il y a du dandysme chez Bulteau, de la désinvolture, de la sophistication, c'est sans effet de cape ni d'épée, mais avec le bruit des voiles qu'on déchire et le reflet des couteaux qui glissent sous la peau. Car sa poésie est grave et féerique, glorieuse et désolée, hautaine et fragile, faite de chaos et de précipice soudain — toujours en attente cependant d'une architecture imprévue, mobile, lancée à grande vitesse dans les dévers du temps.

Ici, quand l'exil se présente, il s'appelle New York. Nouveau mensonge élégiaque au bout d'un tapis magique qui se change en linceul, nouveau seuil entre parking et résurrection. Un peu d'enfer, beaucoup d'errance. Des néons, du néant, de la chance dans les angles morts... Rien n'est moins décadent que ce parcours sans faute, où toutes les dérives ont frémi au songe de l'enfance, à sa brutale intensité. Bulteau ne se soucie pas d'être absolument moderne. *L'absolu lui suffit.*

27 mars 1997 : Michel Bulteau / DANS UN MONDE SONORE / avec Michel Bulteau et des musiques de Georges Betzounis, Nick Name, David Sane, Osaka Bondage (Arnaud Durand et Nicolas Marmin), Jean-François Pauvros.

Sauver les apparences

Je mets ma tête sous l'eau froide. Vous croyez que c'est drôle vous d'avoir dans la tête les morceaux d'un kaléidoscope qui s'agitent ?

Une bagarre ? Non, des frictions sentimentales. On appuie le front, les lèvres contre une vitre et on finit brisé comme un épileptique.

J'hésite à donner plus de détails. Tout a commencé sur la presqu'île de Sorrente. La mer colportait les rêves des mauvais garçons.

J'ai vu un soufi miséricordieusement nu. Au-dessus de lui un avion décrivait une courbe vers l'ouest...

Comment imaginer que cela puisse finir ? Et pourquoi retourner le fer dans la plaie ?

Pourquoi, une fois de plus, vouloir sauver les apparences ?

La Vie des autres,

Une œuvre d'art au milieu de la vie

Essaim de mendiants portant
Des blousons bouddhistes
Branches d'arbres contre
Les vagues projets

À cheval donc « parfait
Nirvana cérébral » deviens
Une œuvre d'art
Au milieu de la vie

Donne-toi aux luttes futures
Reconstruis-les tous
Ne te laisse pas faire

Cerveau ne croyant pas encore
Aux existences supérieures
Cerveau-navire pourtant
Capable du meilleur

Longtemps longtemps
Tu n'as rien voulu entendre
Des villes mortes d'Occident
Ni des palais d'Orient

Donne-toi aux luttes futures
Reconstruis-les tous
Ne te laisse pas faire
Abolis cet enfer
Tu as tout derrière toi
Tes perfections
Ta servitude
Tu sais maintenant
Qu'il n'y a ni paix ni bonheur
Que des calomniateurs

Inédit.

Absolument progressiste

Plutôt que de savoir si l'on est progressiste ou classique, il vaut mieux avoir une montre dont les aiguilles tournent.

Mais elles ne parlent pas, ces aiguilles ; elles ne coupent pas non plus la tête aux baigneuses.

Éros est progressiste. Pan assure qu'il aura la peau de ces satanés aigles. Dionysos fait ses courses dans un supermarché. Il a les mains d'un mécanicien : doigts boudinés et cambouis autour des ongles.

Dans les ventres, beaucoup d'enfants flottent. Dans les têtes, des éponges se recroquevillent. Le vent n'a pas la force de bouger les lourdes chaînes. Courroies de fer, entrailles dessinant des losanges. Piano noir, bougies qui fument et bruit du frigidaire.

« Faute d'une étincelle de bonheur à se mettre dans les lobes ! »

Les voix étaient trafiquées en studio : syllabe bloquée, bruissements d'aile, falsification du désir.

« Écoutez-moi, goûtez à ces petits pains... »

Peau en mal de rime, les corps de femmes sont des cannes blanches en mal de régal.

Le renard (enfin, sa queue) a-t-il (a-t-elle) même longueur que l'imprimé ?

« Souffle la flamme ! Souffle la flamme de la lanterne pendue au cou des progressistes ! » Lances (larmes ?), danseur niais, « pas de baisers sous le porche ! »

Quel sens l'écriture puisque tout est décalé : la coulée des mots, ce qu'ils recouvrent et ce qu'il faudrait vraiment écrire.

Pan n'écoute rien. Il ne veut pas s'habiller. Il est progressiste. Les fiancés écrivent à la craie sur le tableau noir. Touchés les homards, touchés par les notes de musique.

Et ces fakirs dont tu parlais, Grand Pan, avant de t'endormir...

Jeepster

Ton visage est bien fatigué. Tu joins les mains sous ton menton. Tu es balance. Steve, lui, est mort. Une vieille histoire. Toujours la même. Pas la peine de raconter. « Les lézards ont une longue langue. » Voilà une des phrases que tu te plais à répéter. Tu aimes porter des chaussures de femme. Tu vas souvent voir le gorille au zoo de Regent's Park. Un secret que je n'aurais pas dû dévoiler ; tu aimes trop être tranquille. Ne m'en veux pas, je suis fier de te connaître.

Mots répétés. Les secondes s'allument, s'éteignent. Trimer, trimer. Retourner d'où on vient. Quelle sale sensation ! Comme de toujours s'aimer ce qui est en train de disparaître.

Le mal est monotone. Le mal est en fer. Le mal est ennuyeux.

Essaim correspondant à l'indifférence. On s'allonge, on aime Dieu. On s'allonge, on est dans une fabrique d'absolue pureté. La tête a franchi le fossé. C'est à la fois terrible et sans noblesse.

Les rues de la chance, tu sembles les connaître. Trop de crème à raser, de sang sur la peau. Inidentifiable.

Les enfants sont ravis. Les secondes s'allument, les secondes s'éteignent. Des branches d'arbres squelettiques se sont infiltrées dans les appareils à sous. En fait, il ne s'agit pas du tout d'appareils à sous, mais de logiciels. Bambous ployant sous la neige.

Peau fripée autour du nombril. Qui se souvient encore d'Eddie Jones (alias Guitar Slim) ?

Avec regret : des lieux, des inscriptions (on changera cela), des passants. Une boîte aux lettres sur le bord du trottoir, très jaune sous le réverbère. Impossible de bouger. Impossible de crier. Les yeux de n'importe qui cachés derrière les bambous.

Combat pour les émois. Encouragement : couleurs violentes. Tu t'es mis au lit avec un magazine (avec ta photo en couverture). Toi aussi tu aimes les fées. Tu voudrais pouvoir te passer au doigt un anneau d'or et devenir très petit. Tu n'es convaincu de rien car tu n'as pas atteint la moitié de ta vie. Tu es plutôt gai. Je veux dire que la douleur ne t'est pas de grand prix. Tu ne sais pas nager et ta peau est télévisée.

Serge Pey

Serge Pey ritualise l'espace de la parole : il est le chamane qui chevauche les pulsions du souffle et du sang. Avec lui, la poésie tape du pied, devient vertige, envoûtement et libération de chaque fibre du corps. Avec lui, la voix semble une résurrection du sol et du ciel mêlés, charriant pierres de soleil, nuages ensablés, gouffres d'orage.

Accroché à ses bâtons d'écriture comme à des mâts naufragés, Serge Pey tangue et danse, rythme et profère. Il est le troubadour voué à une marche verticale, le trimardeur du verbe à l'avancée violente qui va et vit d'effraction en effraction. Il est aussi celui qui relie l'ensemble des destins foudroyés, des murmures étouffés, des secrets bannis.

Seul à dire, à proférer, il n'est jamais isolé : sa scansion accueille toutes les migrations du sens, toutes les métamorphoses du chant. Il est l'homme que le cri des origines et la rumeur des âges engagent au présent. Il entend et répercute ce qui d'ordinaire se tait : de l'exaltation massacrée au lancinant retour des suicidés de la société. Serge Pey empoigne le monde, ses meurtres et ses tortures, son chaos d'âmes démembrées, d'os dépareillés, de poussières fertiles, ses émerveillements, ses renaissances.

Avec lui, l'escorte d'un univers sonore, de bouche en transe, d'expirations inspirées, de rondes rauques ou extatiques : les échos, les éclats, les infinies résonances d'un danseur de syllabes et de grand vent.

24 avril 1997 : Serge Pey / UNE TOMATE, UNE CORDE ET DES BÂTONS / avec Serge Pey et une chorégraphie sonore de Michel Raji.

La récitation du feu

Tout le monde frappe à la porte
en silence avec une rose

La nuit tourne
et recommence
la lune sur les murs

Entrez
Il manque une fenêtre
Il manque un mur

La bouche du puits
nous pose la question
et nous marie sans témoin
devant sa réponse

Un oiseau retourne un mort
jusqu'à sa porte

La maison ferme ses volets

Entrez
Il manque une fenêtre
Il manque un mur

Nous avons donné à chacun
une loi et une règle

Nous avons recouvert la lune
d'une figure de plomb

Il manque un mur
mais la porte s'ouvre
et se ferme toujours
avec la rose

Entrez

Il manque une fenêtre
Il manque un mur

N'entrez pas
La rose est devenue toute la rose
et la maison toute la maison

Bâton XIV, inédit.

Les deux patries
(extrait)

. . . .

Ni qu'un oui tombe du ciel comme un œuf s'écrase en deux noms sur la terre

Ni que ma valise ne pense qu'à fuir ou à arriver puisque c'est son travail de valise

Ni que le néant est une horloge dont les flèches désignent des puits où nous nageons

Ni que j'ai construit une pyramide dans ma chambre où je fais cuire les œufs et le maïs et les têtes de mort de la Toussaint

Ni que toute lampe est un souvenir qui abandonne le souvenir pour nous fonder dans une autre lumière

Ni qu'un visage dure deux questions et qu'un autre dure deux réponses et qu'un autre ne parle pas

Ni que je suis devenu un aigle et que j'ai plané au-dessus du lac de Chapala

Ni que je passe mon sommeil à redresser une chute du jour et à arracher des étoiles sur les drapeaux pour les rendre la nuit qu'elles n'auraient jamais dû quitter

Ni que j'ai habité une rue qui s'appelait la lumière

Ni que j'ai aimé toute la lumière et que j'ai bu cette lumière jusqu'à son étoile de froid

Ni que toute étoile s'appelle aussi la nuit sous le figuier qui prend ses racines dans les os de trente chiens enterrés sous les pierres

Ni que le monde est un grand homme épuisé et l'homme un petit monde inépuisé

Ni que des performeurs de Nezahuatlcoyotl ont fait exploser des chiens morts à la dynamite

Ni que d'autres broyaient des poulets vivants dans des mixeurs

Ni que j'ai toujours aimé les trois cents instruments de musique de la Gauche du Colibri

Ni qu'un visage descend dans un visage et abandonne ses yeux au bout des mains qu'il laisse en repartant

Ni qu'un non inconnu décide du vent et de nos mains dans la terre

Ni qu'un oui sorti de nos bouches mange ce non pour augmenter notre oui dans le ciel

Ni que le futur se souvient de l'impossible et nous donne une boussole pour le regarder

Ni que j'ai misé mes poèmes au poker indien une nuit à Paris avec une dame de trèfle collée sur le front

Ni que nous cachons un point au fond d'une boîte pour soutenir ce que nous ne savons pas contre un autre point qui tourne au milieu de nous

Ni que j'ai un souvenir planté comme un couteau dans les épaules et que je jette des fenêtres dans le vide pour inventer une maison de l'autre côté de la mort

Ni même que ce poème n'est pas un poème ou que ce poème est un poème

Ni que si tu me demandes où se trouve ma patrie je puisse te répondre dans la bouche d'un enfant car tout enfant est le père de mon père et la mère de ma mère

Ni que la plus grande réponse reste toujours dans la moitié de la bouche qui pose la question

Ni que le serpent est le miroir de l'aigle et l'aigle le miroir du serpent

Ni que mon visage est absent dans mon propre visage

et que le baiser que je lui donne demande deux bouches pour l'aimer dans la langue de son baiser

Ni que j'imagine le zéro absolu et qu'une barre de fer se contracte en diminuant sa longueur sous le froid et que je peux ainsi logiquement voir sa disparition en elle-même

Ni que le sentier commence où je marche même si aujourd'hui je prends un bâton parce que je boite dans la lumière

Ni que si je me peigne avec un soulier c'est parce que j'ai un chemin qui pousse dans ma tête

. . . .

Bâton I, inédit.

L'horizon est une bouche tordue

J'ai brûlé deux maisons

et j'ai photographié le feu
de l'une avec la fumée
de l'autre
et je n'ai rien pu éteindre

(Le feu a brûlé plus loin
que les cendres du vent
qui étendait le silence autour de lui)

J'ai habité deux enfants

et j'ai volé les yeux
de l'un avec les larmes
de l'autre
et je n'ai rien pu voir

(Leurs yeux ont regardé plus loin
que les lunettes du serpent
qui pleuraient dans la rivière)

J'ai traversé deux morts

et j'ai aplani la tombe
de l'un avec la terre
de l'autre
et je n'ai rien pu faire pousser

(Leurs tombes ont effacé leurs noms
plus loin que la poussière
qui remplaçait leurs pieds
lorsqu'ils dansaient)

Bâton IV.

La main et le couteau

(fragment)

Le poème est une oreille
et non une bouche
car l'homme est né
d'une oreille qui voit
et toute oreille copie l'enfant
qui tourne dans le ventre d'une étoile
qui cherche le ciel qu'elle n'a pas

Seule la bouche capable de devenir une oreille
est une vraie bouche

Je parle
Tu parles
comme une étoile
Nous conjuguons la nuit

Le poème non né de l'oreille
n'a pas de mains dans les yeux
ne marche pas avec les pieds
arrache les langues
et bâillonne les bouches
fermées dans les baisers

Les cinq façons de marcher
celle du pied à la bouche
celle de l'oreille à l'œil
celle du pied à l'oreille
celle de la bouche à l'œil
celle du pied à l'œil
ne mènent pas toutes
au ventre de l'étoile

La gauche et la droite du feu
se rejoignent
dans la main épaisse du ciel
et retournent les oreilles
qui n'ont pas entendu

La Main et le Couteau,

André du Bouchet

Au plus près de la terre et du poids des éléments, le parcours d'André du Bouchet se révèle en tout point exemplaire. Il est le poète qui nomme les choses par leur nom et leur espace, qui restitue l'attention, la dignité et cette part de silence essentiel que les discours ont avilie. Farouche est sa présence au monde, scrupuleuse et tranchée, comme si l'être tout entier s'impliquait sans réserve dans un combat volontaire, une exigence, une ascèse.

Il s'agit pour lui de restaurer, par l'écriture, une relation perdue, de renouer avec des rencontres oubliées, des sensations égarées, d'animer «le lien des routes». *Il s'agit, dit-il aussi, de «rejoindre» et de «se rejoindre», par-delà les jachères humaines, par-delà un langage tenu en déchéance et qui ne transmet plus qu'illusion, leurre, réflexes conditionnés.*

D'où cette conquête d'un point d'appui sans nostalgie ni faiblesse : le concret. André du Bouchet tente ainsi une saisie sans distance et la restitution sous forme de commotion soudaine de ce qu'il éprouve. Sa poésie se veut «le moteur blanc» *d'une machine à percevoir. Car pour lui le texte n'est pas une mise à l'écart, un refuge, une carapace de songes, mais le moyen privilégié de l'accès au monde. C'est pourquoi la traversée de ses livres impose un mouvement violent, comme celui d'une faux qui ouvre la voie à une respiration plus vive.*

23 octobre 1997 : André du Bouchet / DANS LA CHALEUR VACANTE / avec André du Bouchet, et le quatuor Arpeggione (Isabelle Flory, violon; Nicolas Risler, violon; Jean-Paul Minali-Bella, alto; Agnès Vesterman, violoncelle) qui interprète Franz Schubert : *Quartettsatz;* Anton Webern : *Cinq Pièces;* Arnold Schoenberg : *Les deux premiers mouvements du deuxième quatuor à cordes.*

ici en deux

… que
tu te déplaces
alors
ou non

sur
l'enjambée

la hauteur
ici

reprend.

… plage

du
plus haut

comme

sans qu'ici le vent
ait
à reprendre
                    souffle

moi-même arrêté.

… et tel
qu'arrivé
à une plage de la hauteur

souffle
suspendu

le plus haut

sans
que lui le vent ait eu
à
reprendre souffle

apparaît

plat.

… cela
est proche

puisque
la substance en moi qui souffle
est

la même
que

l'autre des lointains.

… à grands pas

mes pas
dans ceux du bleu

de
façon à ce qu'ils soient
sans vestige.

… sur la vélocité

ici
comme immobile

si
   emporté
je ne suis pas confondu entièrement

jusqu'à l'arrêt même

avec
la vélocité.

… le volet brûlant éclaire.

… neige
et sourde
autour
de la maison

comme toute une nuit
le vent

contournant
ce
qui demeure de la maison du sourd-
muet

avait tracé
son
négatif

dans la neige.

•

si
        la main

la longue main

avait pu donner
fraîcheur

au feu

elle se serait tendue.

•

dans l'amas des montagnes
fraîchir

sous le marteau

ou
la fraction

du temps.

Patrice Delbourg

Arpenteur d'un siècle épuisé qui tire à sa fin en affamant les rêves, les désirs et les âmes, Patrice Delbourg apparaît comme le baladin des déroutes quotidiennes, comme le témoin d'un monde où les êtres vivent en exil d'eux-mêmes et s'écorchent et s'accrochent et s'abîment en pure perte. Il est le poète d'un jeu piégé où la balle qu'on met au centre se nomme communément le néant.

Face à l'ampleur du désastre, *Patrice Delbourg parle avec cette douceur fêlée qui rend l'agonie presque tendre, sans déserter les petits matins glacés et hostiles. Prisonnier d'une époque qui le blesse, il marque sa distance et s'en tient à des riens qui sont ses seules planches de salut. Il est avec Laforgue, Corbière, Charles Cros, l'un des rares poètes qui se risquent encore dans la résonance des chants et des chansons des rues. Il a le* blues, *sans cesser d'avoir le* spleen.

Être au monde n'est pas pour lui une sinécure, ni durer, une partie de plaisir. Le plaisir pourtant, ou plutôt l'aiguillon insatiable du désir, n'est pas absent de cette œuvre-là : commotions fatales et froides qui ouvrent sur des abîmes, des terreurs, des sursauts certes, mais qui vengent pour un instant. Car ce sont ces lambeaux de temps arraché qui relancent l'énergie et poussent le désespoir au-delà du noir, tout près d'une ironie qui ne tient qu'à un fil de rasoir. Éclat de rire, éclair de lame : le tragique n'a pas à être pris au sérieux.

27 novembre 1997 : Patrice Delbourg / L'AMPLEUR DU DÉSASTRE / avec Monique Brun, Jean-Luc Debattice, Patrice Delbourg, et Marc Perronne à l'accordéon.

L'AMPLEUR DU DÉSASTRE

(extraits)

Je dédie ces poèmes cariés   mélodies bancroches
trognons de désir au bain-marie
à tous ceux que la vie rejette et qui refusent de la quitter
par lâcheté distraite ou nonchalance amusée
hardes désarroyées de squelettes en cavale
pris en flagrant délit du dur désir de durer
là-même en cet instant de perte dans les nervures d'abîme
je répète l'autopsie minutieuse de mon syndrome zéro
toute cette peau que la solitude transforme en savon
malade
une larme coincée sur le chemin de ronde des rides
adulte non fini   glandeur d'âme face à demain   bel
assassin
sur l'écran bombardé   l'infini en levrette
faillite répétée à l'abri du velours tiède des mezzanines
seul endroit au monde où il fasse bon désespérer

*

à l'improviste d'une fin d'hiver
il l'invita pour un séjour amoureux tout compris
sous le timide soleil de l'algarve
après un médianoche de gambas grillées
et quatre bouteilles de vin vert
il lui demanda de le prendre dans sa bouche
à croupetons sur la tommette du patio fleuri
elle refusa net avec une moue de dégoût
et se replongea dans la lecture
du grand livre de l'intranquillité
de ce cher fernando pessoa

alors il l'étrangla doucement
mais sûrement jusqu'au petit matin
dans les rumeurs de faro
et le ressac des vagues grises
pour décrisper ses phalanges exsangues
on dut les tremper dans de l'eau de rose
les juges lui reconnurent cependant
l'atténuante circonstance
d'une farouche incapacité au bonheur

*

depuis mon premier youpala j'ai le sentiment délayé
d'appartenir au peloton de l'extrême fatigue
de cotiser au club de l'hébétude généralisée
toute décision m'accable chaque geste me coûte
le commerce des idées me bassine   plus d'utopie à nourrir
un besoin incommensurable de consolation au bout du bout
rhésus flapi   pedigree à la consigne   génération prozac
— un sentiment de vide si promis si définitif
qu'il me faut très vite et presqu'en aveugle jeter
sur cette béance soudaine quelques brindilles de mots —
ne plus rien espérer pour croire encore à l'impossible
reste à peine une maigre nostalgie qui fait grisou
dans un coin des sixties entre une pédale ouah-ouah
et un métrage de chabrol sur parquet de bal à lambourdes
quoi de plus beau alors que cet ailier gauche qui s'échappe
dans le grondement des gradins et le halo des projecteurs
babyboomer en radoub j'ai connu la soulte des guerres froides
les rengaines d'aznavour   le mollet de bahamontès
les préludes de sagan et le cinéma permissif de bénazéraf
la fête à gnafron contre la maison pandore
incapable de vibrer aux élans du pouvoir   de l'ambition
mon seul affect reste pour les obscurs les sans-grade

je n'ai de fibre que pour les perdants   les lampistes
les délaissés du paddock   la famille rikiki en bout de piste
mon étendard flotte aux côtés des déjantés   des outlaws
j'aime les irréguliers   les francs-tireurs au goût d'éther
toute la cendre de ces mots voyous

*

convoitise d'elle   une pointe de paprika
jus ou sorbet son corps juché sur une chaise haute
frangipane
fond huileux d'une cocotte   pommes fondues à la
cannelle
au freezer sa bouche   douceur de la myrtille
coulis même   velouté de la langue   astuce suave
darjeeling et pêche   toi lynchage d'herbes moulues
une feuille de basilic   gingembre frais en tranches
cuisses ambrées marinées dans du poivre mignonnette
et du sel
peau en petits grumeaux   beurre tiède mais entier
on agite on fouette énergiquement on pose sur le bain-
marie
mornay curry nantua béarnaise   amour à l'angle
du fourneau
l'ail au fond du cul   goutte d'angustura   pilipili
les pruneaux peuvent être servis en purée à part
gibelotte d'elle   safran coriandre reins tendus à la
cuisson
petite béchamel que l'on mêle doucement
dans un moule fariné   en porcelaine ou en verre
ses seins coque   brouillés   mollets   durs   pochés
en meurette
une aventure d'huile qui brûle   d'orange sanguine
l'eau vient en bouche   recette de vous   truc de toi
sueur d'ingénue où se confondent rituel et souvenir
pulpe violette   fondu de la chair   servir en nage

*

— qui défripera mon corps pour en faire un geste
d'amour —
tant de caresses pour trouver sous ta poitrine
le déclic de la transparence
te vouloir nue   immédiate et nue   ventre bistre
seins sangria   terre qu'éventre la charrue
femme n'importe laquelle en qui je tombe en torche
chantage à l'article nécrologique dans un journal du soir
elle hausse les épaules   dit chiche
— tu feras mieux que ta mère —
me servirai du papier pour allumer un beau feu de
cheminée
ici quelqu'un est blessé à mort je l'entends à l'intérieur
un vieux cahot vineux meuble mon souffle
galopin on me bassinait le thymus avec hugo lamartine
vigny
je me précipitais sur bove dabit hardellet desnos
mes provisions de cœur   mes munitions de souche
ceux qui n'aimaient pas marcher au pas de leurs
concitoyens
courtisans   guichetiers   fonctionnaires ou   cagots
variables
ma seule patrie   c'est là où l'on trinque
où l'on mène des escarmouches en claquettes
crépusculaires
là oui je suis chez moi

*

rythme panique de miséricorde à la verticale de l'âme
sous le faix des ans   la bouche mord son crachat
la fabrique à calembours repart de plus belle
tout ça ne présage rien de bon   enfin voilà
— résister   voilà le maître mot   lyrisme insoumis
urgence réfractaire   les os ont faim

il importe désormais d'assumer en solo sa bévue originelle
la nuit s'agenouille   précipitation des ombres
le tapis émeraude des casinos de plage s'efface
les joues s'affaissent en lents drapés tremblants
le sourire coule implacablement vers le bas
memento de réel en charpie   la vie vite en puzzle
du plus loin qu'il me souvienne la poésie
m'a toujours semblé un épuisement surmonté
pas d'espace pour la douleur tant la mort est présente
mon plectre intime pince une ultime chair lolita
l'à-quoi-bon glisse sur ses patins de feutre
une vieille défaillance taraude
paumes engourdies espace arctique
où désespoir et endurance se repassent le mistigri

*

la belle affaire   il est mort
le poète folâtre   parasite sacré
semblable au scarabée de l'ancienne égypte
pas une ligne dans le journal du soir
pas un mot sur radio courtisans
pourtant il y aurait tant à dire
flibustier des sentiments   fakir du lyrisme
forcené ménestrel   funambule du plain-chant
pour ne prendre que la sixième lettre de l'alphabet
arc-bouté contre le souffle de l'abîme
loque pathétique   commissures du bleu
la dernière haleine le fouaille
rampe jusqu'à la rémission
la nuque minée par l'angor   fatum en à-pic
par gros temps l'algue casse
— n'ayez pas peur du bonheur   jeunes gens
car il n'existe pas —
drôle de poulpe maquillé en diva
demain ravagera les paumes à la javel

entre la jetée et le tombolo
la masturbation ne vous aidera
pas plus de deux heures

Jacques Darras

Voici Jacques Darras tel qu'en son espace polyglotte il joint l'Angleterre à la Flandre, la Bourgogne à l'Escaut, la Picardie aux rives de la Meuse et du Rhin, pour donner souffle renaissant aux marches frontalières, mais en préservant chaque sonorité, chaque rythme éprouvé de Zurich à Bruxelles, de Bruges à Liévin, et jusqu'aux pavés martelés par les Gilles *du carnaval de Binche. On est ici, comme dans* L'Agneau Mystique *de Van Eyck, en quête d'un lieu inaccessible et pourtant familier.*

Car Darras est un arpenteur qui ne craint ni l'égarement, ni le ressassement, ni les longs détours pourvu qu'ils ne perdent pas le nord. Il sait mesurer sans mesure jusqu'à se retrouver hors champ, loin des repères et des balises. S'il a lu les Anciens et les Modernes, traduit les Anglais et les Américains, étudié les maîtres de métrique, les ajusteurs de structures, les rebouteux d'inconscient, tout cela, par singulière exception, ne l'empêche nullement d'imposer sa voie polyphonique, ni de garder intactes sa fougue, son énergie, ainsi qu'une bonne dose d'ironie polémique.

Avec lui le mouvement est constant, et constant le va-et-vient du ciel et de la terre, et de la terre au ciel. Le pays qu'il explore, c'est le Temps — le Temps et ses alluvions : visages, voix, croyances, peurs. Qu'il passe de la prose au poème, de l'histoire à la philosophie, du souvenir personnel à la prophétie, Darras ne cesse d'inventorier, de creuser, de débusquer et, au final, de rassembler les éléments et les rêves d'une aventure commune qui aurait nom « Europe », et dont il ferait battre le cœur, après tant de siècles qui firent battre tambour.

18 décembre 1997 : Jacques Darras / VAN EYCK ET LES RIVIÈRES / avec Jacques Bonnaffé, Sylvie Granotier, Jacques Darras et, au tambour, Gonzalo Campo.

Nommer Namur

I

Parler c'est avec la voix.
Chanter c'est avec la voix.
Parler n'est pas chanter.
La voix peut chanter des paroles.
La voix ne peut pas parler la chanson.
La voix qui parle la chanson parle les paroles de la chanson.
Dans ce cas elle n'a plus besoin de la chanson.
La voix qui parle les paroles d'une chanson est étrange.
Si je me mets à parler les paroles d'une chanson sans la chanson j'aurai l'air de dire un poème.
La voix qui parle les paroles d'une chanson dit en fait un poème.
Tous les poèmes ne sont pas des chansons.
Tous les poèmes ne veulent pas avoir l'air de chansons.
Aujourd'hui les poèmes des poètes sérieux n'ont pas l'air de chansons.
Surtout pas l'air de chansons.
Aujourd'hui les poèmes n'aiment pas la musique.
La voix qui parle dans le poème se méfie terriblement de la voix qui chante.
La voix qui parle dans le poème veut prendre son indépendance.
La voix à chanson et la voix à parole ne se parlent plus.
Le dernier poète chanteur s'appelle Aragon.
C'est la parole qui ne parle plus à la musique.
C'est sa décision et pas l'inverse.
La chanson, elle, continue à chanter toutes sortes de paroles sans espèce de distinction.
La chanson ne recule devant aucune parole.

La chanson qui est musique emporte toutes les paroles.
On peut faire opéra de toute parole.
Quand on veut se moquer de l'opéra on se met à chanter n'importe quoi.
Des indications posologiques sur une fiole de médicament.
On se fiche de la fiole.
On se fiche de la fiole des gens.
On se fiche de l'opéra-fiole.
Une cuiller à soupe de paroles pour l'opéra matin midi et soir.
L'opéra va très bien merci, il ne tousse plus.
L'opéra est la fiole médicamenteuse de la musique.
L'opéra avec son nom latin est un pharmacien de village mélomane.

II

Chez l'homme la voix qui chante s'entend sous la voix qui parle.
La voix du chant est tout au fond de la gorge plus près des poumons que ne l'est la parole,
Elle-même plus sur la devanture, sur le dehors, près des dents,
Plus près du dehors.
La voix du chant est en arrière, plus en arrière, dans le défilé qu'emprunte le souffle au sortir des poumons.
La voix du chant est directement alimentée par le souffle des poumons.
Eux-mêmes alimentés par le cœur et la pulsation du sang.
La voix du chant est comme un climat intérieur.
Un ciel intérieur.
Souffle et sang font une sorte de microclimat qui ressemble un peu à celui des plages littorales.
La mer, le sang.

Le vent, le souffle.
Les vagues, l'onde du chant.
Le ciel, que serait le ciel dans cela ?
Le ciel serait l'oreille qui écoute.
La voix du chant est chauffée directement par le sang des artères pulmonaires.
Ce qui fait que les hommes ont la voix plus ou moins chaude,
Cela tient au cœur, cela tient au sang.
Voyez comme nous renseignent bien les appareils téléphone ou microphone qui sont un peu des instruments médicaux à ausculter la voix.
Des loupes, des filtres à repérer, à concentrer ce qui dans les voix vient vraiment de la petite caisse pulmonaire à résonance vocale.
À l'exclusion de tous parasites.
À l'abri de toute interférence externe comme le coefficient de refroidissement de la parole au contact de l'air.
Comme le coefficient de l'angle d'incidence de la pénétration de la parole dans l'air.
Ainsi, prenant mon propre exemple, je remarque que dans la conversation courante ma voix est sourde.
J'entends qu'on ne l'entend pas.
J'entends aussi que je ne tiens pas tellement non plus à ce qu'on l'entende.
Ceci explique cela.
Je garde le plus chaud de ma voix chaude tout au chaud à l'intérieur.
Dans son ciel, dans mon climat interne.
Il y a une intimité de la voix.
Une intimité cachée, une pudeur de la voix.
Une pudeur quasiment sexuelle ou amoureuse de la voix.
Je ne me sers pas tout le temps avec tout le monde de ma voix.
De ma plage à vagues vocales.
De mon sang.
Je ne suis pas un donneur de sang vocal universel.

Je ne suis pas un ténor léger en roucoulement permanent.
Je suis un baryton clair.
Barus, en grec, veut dire grave.
Grave mais clair.
Je suis très sensible au baromètre.
Je mets plus ou moins de pression, de chaleur dans ma voix selon les circonstances.
Je pousse plus ou moins la chaudière.
La voix est un organe de séduction.
La voix est un organe sexuel.
Dont elle a d'ailleurs presque la forme et les attributs.
Organe sexuel du haut.
Chez les oiseaux le chant sert à l'appariade.
Mais à quoi sert donc la voix quand on est poète ?
À quelle appariade peut servir la poésie ?
Surtout lorsqu'elle ne chante plus.
Qu'elle ne veut plus entendre confondre la voix à chanson avec la voix parole.
Qu'elle se veut poème non chantant.
Qu'elle en viendrait presque à trouver son rythme interne prosodique irrépressible un parasite.
Un parasite du sang vestigial ancien.
Or qu'est-ce qu'une poésie qui entend ne plus se laisser emporter par le chant ?
C'est-à-dire par le cœur, le sang, le climat pulmonaire ?
Peut-on ne pas vouloir séduire en poésie ?
Sans doute, si l'on désire demeurer célibataire.
Dans le célibat du poème.
Sans doute.
Dans ces conditions la pudeur climatique ne suffit plus.
Il faut faire baisser le baromètre.
Régler différemment la chaudière pulmonaire.
De la pudeur passer à la froideur.
Grégorienne ?
Ce n'est pas encore assez rigoureux !
Tu entends Reverdy ?
Mon Coco, serre d'un cran ta bure à Solesmes !

Je vois encore trop dépasser ton intimité.
Tes poumons traînent par terre, sale petit surréaliste.

Inédit.

« La Rose »

(extrait)

La Rose fut longtemps l'excuse de la poésie.
Nous pourrions payer l'Europe en roses.
La monnayer Eurose.
Ich bin ein Euroséen je suis un Eurosier I am an Eurosâtre.
Je suis une déclinaison parfumée.
Je suis l'inventeur d'une lotion contre la chute des pétales.
J'ai construit ma clinique poétique en Suisse dans le Valais.
Clinique Rilke.
Où le poème monte directement des poumons au cerveau.
Sans transiter par la gorge.
Y naître névé.
Y naître crachat unique de son propre portrait.
Y découvrir qu'on est sérac positif.
La Rose fleur ascensionnelle par télésiège jusqu'à la gare du Midi.
Où Valéry le Juste descend cinq heures plus tard d'un train académique
Enveloppé des feuilles de la conférence qu'il donnera 30 rue d'Écosse
Roses rosettes je m'en bonbonne.
Poèmes épines je m'en boutonne.

Ne m'offrez jamais de platane pour mon anniversaire.
Je hais le chef d'aiguillage horticole perpignannais
Salvodcur D'ailloli
Laissez-moi le rouler dans sa confiture sanglante.
En faire mon loukoum.
J'aime la pivoine belge.
J'aime l'odeur de ses yeux timides quand elle rougit.
J'aime son bouton gonflé en forme de massif j'aime
massivement la pivoine.
J'aime les ancêtres jeunes.
Je suis contemporain d'une éclosion.

Michelle Grangaud

Scansion, parfois halètement, la poésie de Michelle Grangaud se glisse au bord du temps, au bord du vide, à la fois pudique et impérieuse, fragile et tranchante, affectueuse et désespérée. Il y a là un exercice du souffle qui rejoint une expérience de survie, car l'air ne saurait manquer à qui se vit si léger et si accordé à des départs toujours recommencés. Michelle Grangaud dit comme elle respire, comme elle aspire l'oxygène des mots : elle court, ralentit, se débat, sourit de toutes ses syllabes. Elle met du jour au jour et des éclats dans le silence plus que dans la voix.

Virtuose de la traduction du français en français, Michelle Grangaud sait qu'il est possible de « changer de pensée en faisant permuter les mots d'un poème, comme on peut changer de mot si on en fait permuter les lettres ». Elle s'accorde donc dérives formelles et changements de caps mentaux, mais, précisément, pour ne pas donner le change, pour ne pas multiplier les redites, les réflexes conditionnés, les illusions.

Son art procède par sursauts de mémoire, suspens, déplacements, mouvements d'écriture : autant de surprises piégées puis libérées dans la geste de la langue. Ici nul besoin de glose, on s'en tient à l'énoncé du jeu, à ce mode d'emploi qui semble le fondu enchaîné de la vie au poème, et qui, insensiblement, abandonne en terrain découvert la victime consentante d'un égarement programmé.

22 janvier 1998 : Michelle Grangaud / POÈMES TIMBRÉS / avec Michelle Grangaud, musique originale de Thierry Aué, avec Mireille Quercia (mezzo soprano), Magali Rubio (clarinette), Bernard Amrani (violoncelle).

POÈMES TIMBRÉS

Longtemps, j'ai pratiqué la poésie. La poésie était le poème anagrammatique. Le poème anagrammatique était pour moi toute la poésie, je n'en concevais pas d'autre.

Puis je me suis mise à écrire alternativement poésie et prose. Dans la pratique, je sentais d'instinct la différence entre la poésie et la prose, sans confusion possible, et pourtant je n'arrivais pas à formuler clairement ce qui les différencie. Pour simplifier je disais : tout ce qui n'est pas anagramme est prose. Mais, mais — je m'étais mise à explorer des formes poétiques autres que l'anagramme et je savais bien que ce n'était pas de la prose.

Tout récemment, j'ai trouvé la formule que je cherchais, celle qui différencie la poésie et la prose. Cette formule est simple. Elle peut se résumer presque complètement dans le seul mot : égalité.

J'ai une passion pour l'égalité qui est, à mon sens, le principe esthétique fondamental. Quand j'ai commencé à réfléchir sur ce qui m'attirait dans le poème anagrammatique, je me suis aperçue que c'était l'égalité des lignes qui me plaisait : chaque ligne est composée des mêmes lettres exactement, dans le poème anagrammatique, et pourtant chaque ligne est différente.

Le décompte syllabique du vers classique est une forme d'égalité, la rime aussi. Récemment, j'ai trouvé une autre façon de mettre au jour l'égalité dans la langue. Je chiffre les mots selon le principe simple, A = 1, B = 2, C = 3 etc. Le jeu consiste à regrouper tous les mots qui sont égaux selon ce chiffrage.

C'est ce que j'appelle les identités remarquables.

On peut aussi bien chiffrer des vers, des propositions ou des phrases entières. Il suffit de disposer, sur l'ordinateur, d'un logiciel qui calcule instantanément le poids des mots, vers ou phrases.

Les identités remarquables sont une production de la machine et de la langue. Je pèse les mots et les phrases en additionnant le poids de leurs lettres. À partir de là, il est possible de composer des poèmes dont le principe de base est le même que celui des poèmes anagrammatiques, puisque entre chaque vers l'égalité est objective, c'est-à-dire réelle.

La prose aussi (celle que j'aime lire ou écrire) est soumise au principe d'objectivité, mais dans un tout autre registre, qui est scientifique, de l'ordre du constat, et non poétique. Car l'objectivité de la prose lui impose la tâche ingrate mais nécessaire de prendre acte de l'affreuse inégalité naturelle.

Tandis que la poésie me permet de réaliser mon rêve d'égalité, de le réaliser littéralement.

C'est à travers les lettres qu'on perçoit le mieux ce qu'est réellement l'égalité : tout le contraire de l'uniformité. L'égalité ne peut exister que dans la pluralité, la différence. Elle est d'autant plus forte que les différences sont plus marquées.

Ce caractère de la différence comme un multiplicateur d'égalité m'amène à travailler presque uniquement à base de citations (avec quelques autocitations). En poésie, la différence que produisent les autres m'est particulièrement nécessaire.

J'appelle poème timbré le résultat de prélèvements langagiers le plus divers possible, rangés selon leur poids littéral. Les vers d'un poème timbré pèsent tous le même poids, sont tous rangés sous le même chiffre.

L'intervention de la subjectivité est ainsi réduite au plus strict minimum, ce qui me paraît la condition la plus favorable d'un point de vue poétique.

C'est la langue qui parle.

*

219
Le h est effacé de l'histoire.
En face, de l'autre côté du canal,
brouillard en déroute,
il ne trouvait jamais
un poisson dans l'eau.
Il n'y avait personne,
c'est la langue qui parle.

220
La sène est sur la scène,
le langage est nombreux,
je quantifie les mots.
Le grand incendie de Londres,
dans la chambre où je suis,
donne sur le couloir.
Je crois me souvenir,
le cocon est dur à percer.

294
On dirait que kèkchose se passe
sur les ponts de Königsberg —
quotidiennement ses lignes
sont capables d'autofécondation.
Nous respirons en surface —
j'ai une passion pour l'égalité.

330
Longtemps j'ai pratiqué la poésie,
mais après tout, je vois bien que
la vie ne va pas sans de grands oublis.
Longtemps j'ai pratiqué la poésie
soit par l'anus soit par la bouche :
je peux toujours voir le ciel
nuageux avec quelques averses.

343
Lecture publique suivie d'un débat :
la différence entre la poésie et la prose —
six cents syllabes à circonscrire,
ce sont des créatures nocturnes.
Tout se mêle, tout se contredit.
La parole est significative de la pensée,
l'Antarctique est un désert froid.
Quand on tombe de fatigue on s'endort.

346
Alternativement poésie et prose,
les différences ne se hiérarchisent pas.
Se prendre pour n'importe quoi,
des petites choses très simples
où reposent les galets arrondis,
un adoucissement de cinq à six degrés,
le vent d'ouest soufflera en rafales.

349
La poésie *était* le poème anagrammatique.
Les langues peuvent être décrites,
les lettres n'ont aucune identité.
On peut penser à une forme musicale.
Puisse ce théâtre durer mille années.

401
Du fait de la nature ondulatoire de la lumière
la graphie soumet au regard un jeu de formes.
L'homme ne ressemble pas tellement au singe !
Prendre acte de l'affreuse inégalité naturelle.

437
Je chiffre les mots selon un principe simple.
Qu'est-ce que vous avez publié de nouveau ?
la réouverture des robinets lyriques

goupilles cannelées à cannelures constantes
la verdeur de mille années s'intensifie avec la neige
Constable peint les nuages, la pluie et le vent.

448
Le changement est le sort commun de l'univers.
Du haut de la plage on pouvait profiter de la vue,
je me perdis dans la contemplation de la mer immense,
c'est ce que j'appelle les identités remarquables.

460
L'égalité ne peut exister que dans la pluralité :
le spectre de la chevelure rappelle celui du noyau,
l'appareil vestibulaire sert à l'équilibration,
la toile se lit horizontalement, de gauche à droite.

462
Les oiseaux nichent isolément ou en colonies,
soit dans une fouille asséchée, soit sous l'eau.
Il y a dans cette histoire quelque chose de louche.
L'égalité est tout le contraire de l'uniformité.

481
Parfois la sensation de basculer dans un ascenseur
(rappelez-vous l'objet que nous vîmes mon âme)
l'industrie des papiers cartons et celluloses,
des bruits capables de faire surgir différentes images.
Ne tassez pas le linge en remplissant le tambour,
à partir de là, il est possible de composer des poèmes.

511
Mais l'objectivité de la prose est de l'ordre du constat,
la matière des dictons et des contes est universelle,
la vache fait du lait, et la littérature fait des auteurs.
Je suis contente que la littérature m'ait fabriquée.

536
le P est tiré de la lettre B en ostant la panse basse
d'iceluy B.
Ils chantaient, du fond du cœur et en masse : « Go down,
Moses »,
comme on disait : les événements, pour désigner la guerre.
Les paupières nous permettent de fermer les yeux.
La prose aussi est soumise au principe d'objectivité.

537
Le poème anagrammatique était pour moi toute la poésie.
Les précipitations tomberont sous forme d'averse,
l'air est composé de molécules en mouvement constant.
Nous basculons constamment d'un univers à l'autre,
toutes les strophes sont sur les mêmes rimes.

585
C'est l'égalité des lignes qui me plaît dans le poème
anagrammatique :
l'amour est une question essentiellement politique ;
L'écriture des chiffres est idéographique, donc
internationale,
j'ai repris, le lendemain, l'avion des Japan Airlines pour
Tokyo.

603
Dans la pratique je sentais la différence entre la poésie
et la prose :
la réalité a la teinte détrempée de la rue l'après-midi à
la sortie du cinéma.
La poésie est la continuation de la prose par d'autres
moyens.
On peut dater la conjonction de la paire de ciseaux et
du pot de colle,
on ne sait plus quelles sont les compagnies qui passent.

613

Personne n'est identique mais chacun peut avoir une
identité.
Au centre est la terre qui rassemble en les séparant l'eau
et le feu,
à travers les multiples exemplaires qui la représentent.
Entre les lettres, il n'y a pas de hiérarchie, il n'y a que
des différences,
c'est quelque chose qui saute aux yeux, au cœur ou à la
tête.

Inédit.

Gérard Noiret

Pour Gérard Noiret, la vie est à reconquérir avec le commun des mortels, dans les gares, sur les quais, entre les pelouses rases. Chaque sensation est à recueillir, chaque élan à renouer, chaque palissade à contresigner jusqu'à disparition des murailles, jusqu'à dispersion du labyrinthe. Avec lui, l'appel du terrain vague semble écho et blessure, comme si la mémoire ne tenait plus qu'à un fil, comme si le futur était coupé et que les poings serrés cognaient à vide.

La poésie de Noiret prend au bond, et souvent à la volée, les répliques du quotidien : sursaut et sursis, élan et résistance. Mais il ne s'agit pas d'une création amnésique, sans repères ni résonances. Ses mots, qui sont d'aujourd'hui, sont saturés de rumeurs, de désirs, d'exaspérations, de fugues infinies, autant que de poèmes retenus, de bibliothèques, de musées, de théâtres explorés. Noiret n'est pas l'homme d'une table rase. Il aime les friches pour l'air libre qui y passe, comme terrains de jeux, et non comme emblèmes d'inculture.

Il y a chez lui peu de place pour la nostalgie, ou alors c'est par surprise. Noiret marche à la fois les yeux au sol et au ciel. Sa banlieue tutoie les galaxies. Elle est plus vaste que les cités bâties pour la dope et la haine. Sans illusions faciles, elle s'en tient au présent plutôt qu'aux lendemains qui chantent. Ainsi l'on vit dans un monde qui toujours improvise. Le poète y est funambule, jongleur, comediante, tragediante, *et assez peu prophète en son pays.*

19 février 1998 : Gérard Noiret / LES RÉGIONS TEMPÉRÉES / avec Agnès Sourdillon, Fred Ulysse, Gérard Noiret, Jean-Louis Matigné à l'accordéon et Jean-Marc Larché au saxophone.

Arrêt sur les gris

Une voiture dans la brume
Une voiture aux veilleuses allumées
Une masse tombée là par hasard
Qui se décharge et qui a durci
Comme le second terme d'une métaphore
Une forme échappée d'un Tanguy
Dans cette vie où chacun, forcément
A oublié quelque chose, quelque part

L'accordéon

Accompagné par son père, son frère,
un oncle ? l'enfant tzigane fait passer le frisson
parmi des voyageurs. Et les jambes
touchent à d'autres jambes.
Il n'y a qu'une princesse aux cheveux blonds
pour sortir une épingle d'or
dans le secret de son âme et s'approcher de la cage
où le rossignol chante, des cernes sous les yeux.

Sérénité

Chaque matin, le nu de 7h01 file par le couloir.
Lui, dans la cuisine, tourne les yeux
afin de saisir au vol ce prodige. L'éclair passé,
les empreintes s'évaporant sur le carrelage,

il boit son café et n'a aucun mal
à imaginer *Sisyphe heureux.*

Du siècle

Dans les jardins du Museum, les enfants du divorce
satisfont leur goût, le dimanche,
pour les serments, les blasphèmes.
Sous la verrière, ils dédaignent
le Tyrannosaure debout.
Au début du siècle on l'a reconstitué
en appui sur la queue,
les antérieurs comme des mains d'orateur.
Aujourd'hui on sait :
atteignant sa violence maximum, il avançait
la gueule équilibrée par l'appendice.
À moins que seule l'image de l'homme ait changé.

Autres saisons

À soixante ans et des allures de jeune fille,
quittant le cimetière elle a rencontré
une ancienne du collège.
Au milieu des buveurs tristes,
elles ont commandé une bière,
et lorsqu'elles ont quitté la brasserie,
les enseignes, les bus, les affiches
ont révélé ce qu'ils pouvaient pour elles.
Depuis, elle s'habille comme un défi.
Elle écoute les mélodies qui ont réponse à tout.
Les rides qui lui viennent

sont aux retours de marché
quand elle hume des reproches
dans un feu lointain de branches mortes.

Hommage aux polyphonies

Comme un passant de cuir à la ceinture d'un berger,
le hameau a glissé le long de la route,
jusqu'au virage d'où les phares éclairent par moments
l'hôtel signalé dans le Guide du Routard,
et l'assemblée de héros secondaires
qui, par méfiance atavique,
baissent la voix au passage des voitures.
Plus bas, l'ombre a pris la mesure de la chaleur.
Plus haut, des bêtes effrayées changent de proportions.

⋆

À cinq autour de la table, ils tiennent un langage
d'avant la radio, d'avant de perdre
un isolement heureux. Jadis, beaucoup sont partis
sous Aldébaran, Sirius et Altaïr,
pour une terre australe ou boréale,
à la recherche d'un pourquoi.
Eux sont demeurés *a capella*
près de l'âme qui les a retenus.
Un pied dans l'âge qui échappe aux Avis,
l'autre dans la chance d'avoir évité le pire,
ils occupent désormais la place des vieux.

Pris dans le cercle que dessinent
les bruits de la fontaine,
ils commentent les nouvelles de la vallée,
qui sont histoires d'argent et de filles,

de moutons et de maquis.
Bons ou cruels, les événements
tintent dans leurs verres comme des glaçons,
tandis que des plus jeunes, la voiture
le long du muret aux velléités de rempart,
causent de seins, de chattes, de culs ;
autant de mots qui rougeoient dans la nuit.

⋆

Les femmes de leur âge n'ont pas de véhicule
et réclament qu'on les accompagne,
ce à quoi ils répondent en exigeant le silence
jusqu'à l'arrivée de la Rousse aux bijoux
dont les moues suggèrent qu'avec elle…
Seulement, de part et d'autre de la table,
ils mentent et le savent
car, en dépit de profils de médaille,
ils n'inventent et n'envient que proche d'eux.

Prédateurs mille fois haïs, ils furent,
dans les bals et dans les chœurs,
ceux qui remportèrent le plus de succès.
Bien qu'aujourd'hui ils légifèrent et se montrent attentifs
à l'honneur de leurs filles, aux écarts
du chant les plus infimes,
on distingue toujours dans les combes,
l'insomnie
des fermes dans lesquelles gît un écorché.

⋆

En retrait, des anges qui peuvent tout connaître
de telles vies,
boivent juste l'apparence du rosé.
Ils sont installés de manière
à ce que le dossier ne déchire point leurs ailes.

Le drapé de leurs vêtements,
les couleurs aussi montrent
qu'ils dorment volontiers dans les fresques.
Quand la dernière odeur
claque des doigts afin d'éteindre la fontaine,
ils se lèvent et marchent au-delà des granges.

De là, ils imaginent mieux les galaxies
lorsqu'il faudra aux nébuleuses
un millier d'années pour émettre la moindre lumière.
Encore qu'il s'agisse d'une vue de l'esprit.
Même eux hésitent
entre l'hypothèse d'une expansion
inextinguible de l'univers
vers la fin des énergies,
et celle d'une régression vers le big bang,
que des vigies pourraient un jour détecter
grâce à d'infimes modifications du rayonnement.
Des vigies comparables aux jeunes gens
qui chantent, bien dans leur voix,
la main sur l'oreille,
mais l'Être élevé au carré du carré.

Inédits.

Zéno Bianu

Depuis le Manifeste électrique *auquel il participa, avec entre autres Matthieu Messagier et Michel Bulteau, Zéno Bianu n'a cessé de mener une quête solitaire, à l'écart de toutes les sollicitations, de tous les tapages. Lui, si calme au-dehors, affronte le plus vertigineux de la vitesse du dedans, l'éclair mental, la surprise qui tranche et éblouit. Dans les mots, dans le souffle, dans l'attention exacte au réel, il traque le feu sans âge, la révélation où passe un univers possible, une unité possible, un oubli espéré.*

Aucune faiblesse, aucune langueur, aucun flou cependant. De l'âpreté, de l'éclat, de l'effraction. Une brièveté entre séisme et lumière. Les poèmes de Zéno Bianu sont des silex qui coupent, qui portent les étincelles d'un embrasement de silence. Les titres de ses livres indiquent un parcours qui dit assez l'exigence extrême, la pudeur, la voix haute : La Montagne vide, La Danse de l'effacement, Fatigue de la lumière, Traité des possibles, L'Atelier des mondes, Le Ciel intérieur *ou* L'Ombre du paradis

Voici, soudain conjugués, des instincts de voyant et d'abruptes ascèses. Une fièvre blanche qui tend à l'émerveillement, à la perpétuelle transmutation des êtres et des choses, de la vie et de nos morts successives. Avec Bianu le temps se change en cet espace sans fin où dansent, s'évadent et se recomposent les atomes imprévus qui, par chance, nécessité et mystère, nous ont un jour constitués, ou rêvés. En cet espace où c'est la présence même qui impose son mandala.

26 mars 1998 : Zéno Bianu / MANDALA / avec Denis Lavant, Ophélie Orecchia, Zéno Bianu, Jean-Paul Auboux (flûtes, trompes australiennes, bandes enregistrées), John Boswell (batterie, tablas, pakhawaj et gatham), Alain Kremski (gongs et bols chantants tibétains), Violante Auboux (hydrophone, tampura et archet sur cristal).

Boule de nuit

À Denis Lavant.

toujours la même
la très obscure
boule de nuit
poche noire

on te trouve au plus bas
dans le sans fond des cendres
sur l'écorce des morts

toujours la même
la très sombre
à faire douter l'éternité

boule de nuit
toujours même
qui pétrit sa propre suie

boule d'ignominie
sur la pente amère

boule d'agonie
tu reviens toujours même
piétiner ce qui vit
éventrer ce qui aime

toujours plus bas
avec tes grumeaux d'abîme

toujours plus bas
avec ta dent d'effroi

pour que la lumière tourne court

rivée dans ton ornière
dans ta boue d'arrière-gorge
contre le vif de ce qui vit

dans l'oubli du poudroyant

boule noire
poche de nuit
qui n'en finit pas

de suinter
ta houille de haine
de serrer
ton étau de ténèbres

boule de nuit
poche de suie
à l'envers de la vie

très sombre
très grimaçante
sans fin tu t'abreuves
à la peur de l'infini trajet

boule de mort
nous voulons naître sans cesse
contre toi

Une sphère de pur amour

C'est l'instant, par excellence.
Chute du jour, tombée du monde.

Où le regard devient une énergie.
Le jour se noie dans la nuit pleine.

Entre le chien du rêve et le loup de l'éveil.
Décline, tombe, disparais.

C'est l'heure tardive.
C'est à la brune anéantie.

C'est où l'esprit respire.
Le partage d'abîmes.

C'est l'instant d'une présence organique.
L'encre de la solitude.

Où les mots portent les choses.
L'instant où l'on se dépeuple.

Où l'on se dépasse d'un cran.
Où l'on s'offre à l'inconnaissance.

La lueur touchée juste.
La parole du monde en creux.

L'instant du surgi.
De la pure mise à nuit.

Où l'on arpente la ferveur.
Du plus haut abandon.

L'ombre du paradis

aimée
moissonne la coulée en toi

aimée d'un plus-que-souffle
la veine bat sur l'aurore

c'est toi-même à fleur de soi

à l'envers dans le temps
à l'envers dans le blanc

aimée d'un toujours-ciel

disparue sitôt surgie
disparue

ouvre le visage
qui meurt de vie
qui meurt de nuit

stations du lointain souffert

tes mains s'offrent
pour trouver
les pierres de monde

aimée
projette l'ombre
du paradis

où finit le ciel
c'est ta prière qui voit

c'est ton bleu
qui se noie

aimée
tu dors les mots
tu pleus toute parole
en gouttes de nuit

la tempête devient pensée

quelque chose
on ne sait où
sans répit sans repos
dans la pulpe du je t'aime

aimée de pur désert noir
ta nuit vient
plus vive que neige

meurs l'oubli
tiens la foudre
en haleine

laisse le temps
s'effondrer
dans ta blessure

aimée
moissonne le monde en nous

éveille les noms
qui s'agrippent aux étoiles
au feu qui forge la joie

l'ébloui n'est pas oubli
la chute tremble de vie

enroulée
dans la signature du vide
en attente pure

nul fond nulle fin
quand saigne la présence

aimée par le bond du cœur

ta soif écrit les sources
tes yeux puisent au naufrage

aimée
pour nager vers l'arbre-prière
sur la brise des échoués
dans le sommeil de l'ouvert

L'Ombre du paradis, inédit.

Jacques Roubaud

Jacques Roubaud est un chiffreur qui déchiffre : il code les secrets, puis les transmet, puis les disperse, puis les remet dans son jeu. Poète, il est un stratège insouciant, un vagabond rigoureux, qui connaît les lois, les probabilités et les variations de l'errance et de la clairvoyance. Lui, qui semble capable de mener toutes les recherches sans renoncer à aucune dérive érudite, ne se donne qu'une qualification : mathématicien. Comme pour protéger le champ infini des explorations possibles.

Quand il décide de courir les rues de Paris à la suite de Raymond Queneau, il le fait avec l'extrême méticulosité du rêveur à qui rien n'échappe dans le temps suspendu. Ce n'est pas seulement la ville, là, sous les yeux et les pas, c'est Paris-mémoire, Paris-grimoire, Paris en chacun de ses détails qui, mis ensemble, ne font jamais un tout.

On n'a pas fini de compter les pavés de Montorgueil que ceux de Gay-Lussac sont déjà noyés sous le bitume, on s'est à peine assis au deuxième rang de la B.N. (place 28) qu'on vient de déménager le stock des livres… Finalement, on est toujours en retard d'un pont sur la Seine. Mais, en fin de compte, ça n'a pas de fin. Le Passage du Génie dans le douzième, pour modeste qu'il soit, n'est pas une impasse.

Alors Roubaud tisse, renoue, conjugue l'espace et les âges. Il change les promenades en ballades, le plan du métro en repère d'égarés, le répertoire des rues en strict bilan comptable, jusqu'à cet étonnement de sociologue amusé : curieuse, curieuse, cette répartition / de la population / des rues / de Paris.

23 avril 1998 : Jacques Roubaud / LA FORME D'UNE VILLE CHANGE PLUS VITE HÉLAS QUE LE CŒUR DES HUMAINS / avec Jacques Roubaud. Composition musicale pour instruments échantillonnés et ambiances parisiennes traitées en temps réel de Christian Rosset, avec des improvisations au piano de Jacques Labarrière.

Les rues de Paris

Les rues de paris ont deux côtés
c'est une règle générale

Il n'y a aucune rue de paris à aucun côté
(on ne voit pas d'ailleurs comment il pourrait y avoir une rue de paris (ou d'ailleurs) n'ayant aucun côté)
Il n'y a pas une seule rue de paris à un seul côté
(on ne voit pas d'ailleurs comment il pourrait y avoir une rue de paris (ou d'ailleurs) à un seul côté)
une rue de paris pourrait difficilement avoir trois côtés
une rue de paris pourrait très bien avoir quatre côtés
Il suffirait de bâtir des maisons au milieu d'une rue ordinaire, à deux côtés
pourtant cela ne se fait pas
bref
les rues de paris ont deux côtés

les rues de paris ont des maisons de chaque côté
c'est une règle générale
si une rue de paris n'a pas de maison sur un côté
et si sur l'autre côté il y a la Seine
alors ce n'est pas une rue, mais un quai
la rue de Médicis n'a pas de maisons du côté du jardin du Luxembourg
la rue de Lutèce non plus (du côté des Arènes de Lutèce)
et la rue Cuvier le long du jardin des Plantes
dans ce cas
nous dirons avec Gawanna dans le Nyâya-sûtra, qu'une rue a des non-maisons du côté où elle n'a pas de maisons
et que ces non-maisons se caractérisent par la non-présence de maisons
sur ce côté de la rue
ce qui n'est aucunement une observation négative

de même qu'une absence de bruits n'est pas autre chose qu'une observation positive du silence
et si une rue de paris n'a de maisons d'aucun côté
alors de chaque côté de la rue il y a des non-maisons

les rues de paris ont un côté gauche et un côté droit comme nous
le côté gauche d'une rue de paris est celui où les numéros impairs des maisons croissent à votre gauche quand vous marchez
le côté droit d'une rue de paris est celui où les numéros pairs des maisons croissent à votre droite quand vous marchez
c'est une règle générale
(quand je me promène dans une rue de paris je prends soin de noter si cette condition est satisfaite
(une condition qui ne serait pas valable pour les maisons de la ville de reus en catalogne
où c'est le contraire
une manière comme une autre pour cette ville d'affirmer sa singularité
(à Caunes-Minervois il n'y a qu'une seule numérotation pour toutes les maisons de la ville
il n'y a donc pas de côté gauche ni de côté droit dans aucune rue
(si on transporte toutes les maisons de Caunes-Minervois pierre par pierre en Californie et si on les aligne par ordre de numéros croissants on obtiendra une nouvelle ville qu'on nommera Caunes-Minervois (Cal.) qui n'aura qu'une rue qui sera une rue à côté unique : et ceci sans avoir besoin de supposer une topologie bizarre comme celle du ruban de Möbius
(si le transport paraît trop coûteux, on pourra construire tout simplement des fac-similés des maisons comme il a été fait avec le Parthénon à Nashville. Et rien n'empêche comme à Nashville où on a remplacé les statues manquantes dans la frise du Parthénon afin que la réplique

soit plus authentique que ce qui reste de l'original, de remplacer les tuiles qui manquent sur les toits des modèles des maisons de Caunes-Minervois (Cal.)
(et même d'ajouter si on veut un patio sur le devant et une piscine derrière
(puisque ce qui compte en définitive c'est seulement le numéro de la maison
(mais il ne sera pas possible malheureusement de dérouler un ruban d'asphalte sur le devant des maisons, parce que la rue alors aurait un deuxième côté))))))))
et s'il se trouve qu'une rue de paris n'a de numéros que d'un côté
selon la parité de ces numéros ce côté-là sera le gauche (ou le droit)
et les non-maisons de l'autre côté porteront toutes une absence de numéro qui sera impaire si leur côté est le gauche et paire dans le cas contraire

Je reconnais que les rues sans maisons
et les rues qui n'ont que des maisons sans numéros
me préoccupent

mais j'arrête là ce poème à cause de sa longueur
bien qu'il y ait encore beaucoup à dire sur les rues de paris

Un peu de sociologie

158 saints, 33 saintes,
des papes, 8 cardinaux, 11 abbés, 3 abbesses, 1 chanoinesse, 1 curé,
des prêtres, des prêcheurs,
des capucines & des carmes, des célestins, des récollets,
des ursulines, des cordelières,
1 commandeur,

des princes, 3 dauphines, 1 princesse, 6 comtes, 1 comtesse, des chevaliers, des écuyers,
1 Lord

4 présidents,

8 maréchaux, 64 généraux, au moins 14 colonels, 2 lieutenants-colonels, 3 commandants, 8 capitaines, 4 lieutenants, 2 adjudants, 1 caporal,
des arquebusiers,
des amiraux
1 agent

plus de 3 juges

1 banquier, des entrepreneurs, des orfèvres,
1 seul négrier,

au moins 41 docteurs,

des bergers & deux bergères
des bons-vivants, 2 bouchers, des boulangers
des charbonniers, des chasseurs, des chaufourniers, des vinaigriers, 1 crépier, 1 cuvier, des déchargeurs
1 facteur, 2 faucheurs, 1 fauconnier, des fermiers, des jardiniers, 1 verrier,
des maraîchers, des mariniers, des ménétriers, des meuniers,
des poissonniers, 1 portefoin, 1 potier,

4 professeurs,

des peintres, des poètes,

curieuse, curieuse, cette répartition
de la population

des rues
de Paris

Cimetière de Montmartre

Sur des caveaux abandonnés comme des squatts pour des morts vagabonds
plus rien à lire que : *Concession à perpétuité*
(le temps y a pelé tous les noms)
entre les tombes préférées des escargots
romancier, on ferait sa récolte de noms :
Brunca da Costalorg
Heuzé Miaude
Bouge & Fauvel
Brassac-De Lalaix-Chomeil
Orty de la Roche & Demeuse
Paul Corrude
De Nugent de Dysart & Lemort de la Roche
Chaumereuil
Trimaille
Letteron Rougeron
De Canelaux
Julie Gabrielle Marie Jacqueline des Echards de Sainte Comobe, marquise de Fortia
Hocmelle
Alici Lixi
Joachim Lelewel
Barbat de Closel & Petit d'Avril
de Peindrey d'Hurbelle

sans oublier Kerudat de Belzim

La Forme d'une ville change plus vite, hélas, que le cœur des humains,

Christian Prigent

Ça parle à vif, ça tord les vieux morts, ça mord à pleines dents, ça langue à fond la caisse de résonance, ça dépiaute, ça scie, ça clique et cloque et cloaque, ça déborde au bord, ça débonde au bond, ça dit ce qui ne se dit pas, ce qui vit à ras, ce qui virago à gogo, ça médit, ça redit, ça crie, ça crisse à tous crins en crise de sens et de son…

Christian Prigent est le poète qui entend creuser encore et toujours dans le sillage de la vieille taupe « poétique », quitte, pour cela, à écrire au couteau. Son œuvre, grinçante, violente, ne traque que les tranchants, les blessures, les outrages, n'aspire qu'à plus d'inconfort et d'excès. Prigent est le spécialiste des questions qui font mal et qui ne prennent pour cible que le Mal majuscule, le Mal qui hante le siècle et la conscience de tous les survivants. Il est poète par défi permanent, atteinte au bon goût, aux bonnes mœurs, aux bons sentiments. Il ne trie pas le trivial. Il est de Ceux qui merdRent, *de ceux qui explorent le bas en haut et tout l'espace qui va de l'avant-naître à l'outre-exister. C'est de l'être crispé et qui saigne, à l'abri de toute sérénité.*

22 octobre 1998 : Chistian Prigent / PASSAGES DE L'ŒUF-VIDE / avec Christian Prigent et Charles Pennequin, musique par Guillaume Orti.

200 CONSEILS POUR UN CARNAVAL

1 - Accostez les castars !
2 - Embistrouillez bien les carabistrouilles !
3 - Mettez l'bazar en place !
4 - Faites blinquer les cuivres !
5 - Passez les loques à reloqueter !
6 - Donnez-vous une baise !
7 - Secouez les abattis !
8 - Changez de viande !
9 - Mettez vos anchois dans l'aisselle au choix !
10 - Dépiautez vos peauciers !
11 - Zygomatez vos tics !
12 - Menducatez vos bulles !
13 - Castardez vos costars !
14 - Carabinez vos bites trouillardes !
15 - Baisez l'placard en masse !
16 - Faites cliquer les vrimbes !
17 - Cloquez les bosses à reluquer !
18 - Bossez-vous une dame !
19 - Abattez vos seaux cuits !
20 - Viandez vos chambres !
21 - Séchez vos minois en léchant du bois !
22 - Sciez vos peaux dépitées !
23 - Matez les zigues d'à côté !
24 - Mandibulez vos ducatons !
25 - Défardez vos carcasses !
26 - Rabotez vos tibias rouillés !
27 - Bazardez les plaques massées !
28 - Flûtez l'clic des brins !
29 - Bloquez les cosses au cul rayé !
30 - Moussez-vous la banane !

31 - Cuisez vos beaux saqués !
32 - Chiez dans vos viandes !
33 - Mettez un œuf dans votre voix !
34 - Faites veiner vos gigles !
35 - Soyez ferme avec vos fesses !
36 - Saucez ferme avec tendresse !
37 - Faites gicler vos nèfles !
38 - Volez un bœuf de poids !
39 - Cassez vos cafards cardés !
40 - Rhabillez vos biroutes en bois !
41 - Placardez vos masques aisés !
42 - Briquez l'flux des crins !
43 - Rossez les cuilles loquées !
44 - Haussez l'bout du nabab !
45 - Sucez-vous l'haut d'la cuisse !
46 - Videz les chiants !
47 - Béchez l'miché de l'éléphant !
48 - Pétez du pied de veau !
49 - Tapez à côté d'la gymn !
50 - Lampez l'bide du cul à tâtons !
51 - Tendez l'nerf du cerceau !
52 - Clichez vos fesses en neige !
53 - Déboulez affolé sur le toit !
54 - Approchez des castors !
55 - Brouillez l'démon d'la trouille !
56 - Placez l'magasin à l'endroit !
57 - Agitez la vaisselle à blanquette !
58 - Allez rhabiller vos graillons !
59 - Rendez les copules !
60 - Agitez les déchets !
61 - Barbaquez les transfos !
62 - Triez des creux pour les sardines !
63 - Musclez vos cortiqués !
64 - Diaphragmez vos manies !
65 - Savonnez vos mâchoires !
66 - Costumez-vous l'bâtard !
67 - Foncez les queues au crin des tifs !

68 - Sautez en foule dans les armoires !
69 - Tombez su' l'train des clinques !
70 - Matez l'bleu des enflures !
71 - Mangez une femme !
72 - Tuez l'ivrogne et son broc !
73 - Mettez vos bidoches en pièces !
74 - Bichez dur du cul !
75 - Giclez des artères !
76 - Pondez sec du gosier !
77 - Désossez vos grimaces !
78 - Épluchez vos omoplates usées !
79 - Liquidez les couches !
80 - Sifflez l'bruit des tiges !
81 - Coincez l'haricot dans les stries des fesses !
82 - Savonnez-vous la courge !
83 - Faites un rôti joliment battu !
84 - Incarnez vos cacas !
85 - Lavez vos frimousses avec du jus d'arbre !
86 - Hachez vos épluchures, vexés !
87 - Zyeutez l'moisi des mecs !
88 - Mastiquez la monnaie !
89 - Liquidez l'dur d'l'amour !
90 - Éjaculez en coin et pas pour des prunes !
91 - Piquez lourd dans la vache !
92 - Découpez l'costume de la mélancolie !
93 - Vignez vos branches de queue !
94 - Affichez facile toutes vos déguisures !
95 - Coulez-vous dans des poils sapés !
96 - Torchez au quart de poil les louches !
97 - Levez des sexes cossus !
98 - Goûtez l'goût d'la jambe !
99 - Emmerdez les issues !
100 - Faites-vous un jardin en fesse de baleine !
101 - Mangez du ripaton de petit cochon !
102 - Tapez pas sur les acrobates !
103 - Mangez dans le noir du popoté ventru !
104 - Bandez un cercle sympathique !

105 - Photographiez derrière le blanc !
106 - Cavalez en haillons bouillonnants !
107 - Rhabillez l'coït en relief avec la blanquette !
108 - Donnez en cadeau des déchets d'copule !
109 - Mettez d'la bidoche au creux des sardines !
110 - Prenez des manies d'poisson !
111 - Musclez vos habitudes et savonnez vos boules !
112 - Costumez vos queues en armoires à trombes !
113 - Enconnez la foule avec un fusil !
114 - Faites tinter vos abcès et zyeutez les gnons !
115 - Tintez vos rognons en couleurs obscènes !
116 - Boulottez l'enflé du bleui des filles !
117 - Broquez les carnes à la biture !
118 - Giclez d'la langue hors du squelette !
119 - Faites des couches d'os pour décorer vos capucines !
120 - Tassez des fœtus dans des coquilles en sable !
121 - Ramonez les haricots avec des jolies couilles !
122 - Rôtissez des frimousses en découpant les peaux !
123 - Frappez les perroquets déçus !
124 - Mâchez un zeste mec avec un jus de fille !
125 - Séchez dans vos grenus les prunes de l'amour !
126 - Habillez-vous en chêne ou en laitue branchée !
127 - Coulez vos petits poils dans la torgnole en terre !
128 - Mettez le sexe cossu dans une cuiller fumée !
129 - Levez la jambe au pied du parapluie !
130 - Cassez les pieds aux gens !
131 - Soyez cochon comme un jardin la nuit !
132 - Faites des acrobaties du bide !
133 - Arrondissez les fesses de façon sympathique !
134 - Prenez des photos de tout, de tout !
135 - Abandonnez les os canés !
136 - Pendez à vos taules des papillons d'viande !
137 - Geysérez vos tuyaux !
138 - Entonnez tout dans vos globules !
139 - Peinturlurez vos échafaudages !
140 - Décapez vos truelles !
141 - Décorez vos panneaux coulés !

142 - Faites un léger boucan d'loriot !
143 - Gouttez vos huiles de couilles !
144 - Oxygénez vos citrouilles !
145 - Plâtrez vos cœurs en chef !
146 - Cotonnez une foire saignante !
147 - Marrez-vous d'la bobine !
148 - Courez comme un pou sur les parchemins !
149 - Ayez un type pas net !
150 - Foirez dans des cotons saignants !
151 - Mettez des slips mousseux !
152 - Embobinez vos tifs !
153 - Égouttez l'oxygène des fards !
154 - Chauffez vos occiputs neigeux !
155 - Nappez un gel léger sur vos membres d'ânes !
156 - Fardez-vous en chat fourchu !
157 - Faites des papillotes avec la viande d'vos os !
158 - Bobinez vos citrons avecque du coton !
159 - Nimbez-vous la citrouille sur le torticolis !
160 - Collez des tricots à vos trous mouillés !
161 - Piquez une trouille molle sur le gras d'vos triques !
162 - Gesticulez vos conceptions !
163 - Articulez vos sons au son du maxillon !
164 - Délestez vos bedons en sonnant du cal'çon !
165 - Roulez du colon au son du vertébron !
166 - Barattez vos queues nouilles au son du fond du con !
167 - Tirez sur la langue au son du glotton !
168 - Plissez des harpions au son du métronon !
169 - Ondulez d'la boîte au son du trépanon !
170 - Rockez du poumon au son d'l'oxygénon !
171 - Coquillez d'la nuque au son d'l'occiputron !
172 - Allégez vos membrons au son de l'érectron !
173 - Faites des entrechats au son du poil de con !
174 - Grelottez des osselets au son du skeletron !
175 - Jutez du salivon au son du citron !
176 - Torsez vos colons au son du colicron !
177 - Tricotez d'la mouille au son du mitron !
178 - Piquez un sprint au son du clairon !

179 - Réticulez du cervellon au son du conceptron !
180 - Dérapez léger parmi les étrons !
181 - Sortez d'vos peaux !
182 - Portez vos peaux usées aux puces !
183 - Entrez dans d'autres corps !
184 - Ayez des yeux dans l'dos !
185 - Ramonez vos tuyaux !
186 - Mettez vos yeux dans vos naseaux !
187 - Ayez l'oreille à l'œil !
188 - Changez d'organes !
189 - Mettez des prothèses à vos queues prodigues !
190 - Évidez-vous !
191 - Soyez un trou !
192 - Soyez un trou avec une force dedans !
193 - Évitez les détails !
194 - Taillez-vous ! taillez-vous !
195 - Maquillez-vous avec la force qui circule !
196 - Fardez vos tronches aphones avec le flot des sons !
197 - Oyez les langues qui flanchent !
198 - Enregistrez les dérapages !
199 - Écrivez les glissades !
200 - Écrivez les glissades !

Guy Goffette

Quel est l'espace des hommes ? Est-ce pour toujours la terre, le ras du sol ? Ou pour une fois une rive inconnue, imprévue, risquée ? Un coin de ciel que secouent les nuages, une ligne d'horizon qui renaît quand ça bascule, une haute forêt où s'accrocher aux branches en criant, en chantant, en espérant contre toute attente qu'on finira par s'envoler ? L'univers est le royaume d'un monarque au cœur brisé, et chacun est le maître d'un ici-bas qui ne tolère que l'énergie du désespoir. Cette énergie qui vient des pays de nulle part et s'abreuve à toutes les musiques errantes, à tous les tempos des âmes vacantes, à tous les souffles des lointains reconquis et abandonnés.

La poésie de Guy Goffette est faite de cet appel, de cette ferveur, de cette blessure, de cette impatience à être. Nous ne sommes guère au monde et nos rêves nous débordent, nous égarent. Le refuge, c'est l'ombre portée de l'enfance, merveille un peu triste mais qui semble toujours une éclaircie ressuscitée. La visée, c'est l'amour comme un absolu qui tue et demeure le seul défi à vivre.

Les sonorités, le rythme, les scansions si personnelles de Goffette, avec ce goût verlainien de la mélancolie au refrain, avec cette détresse qui sait sourire in extremis, voilà le charme, le philtre de poésie et de ferveur d'une parole d'homme libre et démuni. Voici le blues de qui part sur les routes, en suivant toutes les pistes à la fois.

26 novembre 1998 : Guy Goffette / VIVRE EST AUTRE CHOSE / avec Bernadette Le Sachet, Charles Gonzales, Guy Goffette, Marc Berthoumieux (accordéon) et Louis Vinsberg (guitare).

UN PEU D'OR DANS LA BOUE

I

Je me disais aussi : vivre est autre chose
que cet oubli du temps qui passe et des ravages
de l'amour, et de l'usure — ce que nous faisons
du matin à la nuit : fendre la mer,

fendre le ciel, la terre, tour à tour oiseau,
poisson, taupe, enfin : jouant à brasser l'air,
l'eau, les fruits, la poussière ; agissant comme,
brûlant pour, allant vers, récoltant

quoi ? le ver dans la pomme, le vent dans les blés
puisque tout retombe toujours, puisque tout
recommence et rien n'est jamais pareil
à ce qui fut, ni pire ni meilleur,

qui ne cesse de répéter : vivre est autre chose.

II

Le temps qu'on se lève vraiment, qu'on dise
oui de la pointe des pieds jusqu'au sommet
du crâne, oui à ce jour neuf jeté
dans la corbeille du temps, il pleut.

Ô l'exacte photographie de l'âme, ces deux mots
qui nous rentrent les yeux comme des ongles
dans la chair : il pleut. Le sang de l'herbe
est vert insupportablement et c'est en nous

qu'il pleut, en nous qu'une digue rompue
voit s'effondrer peu à peu, derrière la vitre
et parmi les voilures, avec des pans de vieux
regrets, d'attentes fatiguées,

les raisons de partir et d'habiller le froid.

III

Encore, si le feu marchait mal, si la lampe
filait un miel amer, pourrais-tu dire : j'ai froid,
et voler le cœur du noyer chauve, celui
du cheval de labour qui n'a plus où aller

et qui va d'un bord à l'autre de la pluie
comme toi dans la maison, ouvrant un livre,
des portes, les repoussant : terre brûlée, ville
ouverte où la faim s'étale et crie

comme ces grappes de fruits rouges sur la table,
vie étrangère, inaccessible présent
à celui qui ne sait plus désormais
que piétiner dans le même sillon

la noire et lourde argile des fatigues.

IV

Peut-être faudrait-il tirer le rideau, laisser
le corps tout entier couler dans la fatigue
se dénouer l'entrelacs des pensées, la noire
étreinte des algues, trancher vif

avec ta propre mort, ce qui a été et qui n'est
plus, avec ce qui viendra, l'inéluctable
marée de sons et d'images que les noyés — dit-on —
n'emportent pas, laisser le temps

comme la pluie battre ton front
jusqu'à ce que tout redevienne poussière
dans la chambre du mort : on vide les tiroirs,
on balaye et par la porte ouverte la lumière

un instant se fait chair et frissonne.

V

On dit : le soleil après la pluie, la mer
après la montagne, l'amour après
et partir, partir. Demain, quand tout sera,
quand tout aura, quand.

Promesses des morts si vivre est plus
qu'attendre, qu'espérer. Cendres jetées
sur le feu qui regimbe un peu puis se tait
sans consolation : la nuit

tombe, l'aube se lève, un été a passé.
Déjà, disent les fumées du hameau

tandis que des animaux sans colère continuent
d'amasser l'or du temps, l'or

de nos yeux avides et si vite fermés.

VI

Et tu finis par ranger le livre, là-haut,
à sa place exacte, ce petit creux d'ombre et d'oubli
comme le coin de terre qui te revient.
Tu reviens toi aussi

à ta place, devant la fenêtre, la table,
ce carré de neige que nul encore n'a forcé
et qui va dans tous les sens comme ta vie
parmi les mots, les morts.

Tu sais bien qu'aucun signe ne guérit de l'absence,
pas plus que le merle en tombant ne renverse
l'axe de la terre, mais tu persistes, ô scribe,
à soudoyer les anges :

un peu d'or dans la boue, dites, que la nuit reste ouverte.

VII

Si j'ai cherché — ai-je rien fait d'autre ? —
ce fut comme on descend une rue en pente
ou parce que tout à coup les oiseaux
ne chantaient plus. Ce trou dans l'air,

entre les arbres, mon souffle ni mes yeux
ne l'ont comblé — et je criais souvent
au milieu des herbes, mais je n'attendais
rien, je me disais : voilà,

je suis au monde, le ciel est bleu, nuages
les nuages et qu'importe le cri sourd des pommes
sur la terre dure : la beauté, c'est que tout
va disparaître et que, le sachant,

tout n'en continue pas moins de flâner.

VIII

Vers l'ouest, avec les derniers rayons roses,
en suivant bien la flèche sur le bas trop tendu
de la nuit qui s'est penchée pour mettre
l'avion dans sa poche, voilà

ce qui te tient encore, les yeux au ciel, debout
sur ce parking où tu effiles dans le gris
tes voiles de Colomb, tes routes de la soie
et du sel et du seul, en attendant.

En attendant que tout finisse (tu dis *tout*
comme celui qui siffle pour garder son ombre
à ses côtés dans la ruelle obscure) tout : ce baiser
— à peine — du couchant sur les lèvres

de celle qui s'en va en te laissant le quai.

IX

Ce que j'ai voulu, je l'ignore. Un train
file dans le soir : je ne suis ni dedans
ni dehors. Tout se passe comme si
je logeais dans une ombre

que la nuit roule comme un drap
et jette au pied du talus. Au matin,
dégager le corps, un bras puis l'autre
avec le temps au poignet

qui bat. Ce que j'ai voulu, un train
l'emporte : chaque fenêtre éclaire
un autre passager en moi
que celui dont j'écarte au réveil

le visage de bois, les traverses, la mort.

X

Je me disais : il faut encore, il faut —
et les mots couraient devant moi, reniflaient
la route, le ciel, les fougères, le ventre
mal boutonné des collines

puis revenaient, me rapportant un bout de peau
calcinée, un fragment d'os : cette vieille
et toujours lancinante question
du pourquoi ici, moi, pourquoi ?

— aller venir attendre comme le préposé
aux départs, qui ouvre et ferme l'horizon,
attendre l'ultime voyageur
avant de retourner l'ardoise, d'écrire :

fermé pour cause de paresse.

Philippe Delaveau

La poésie est-elle un baume, un viatique, une offrande ? A-t-elle pouvoir d'apaiser les plaies du monde, d'exalter les jours, d'éveiller la joie ? La poésie est-elle reflet de la grâce, parole en résonance avec les harmonies passées ? Est-elle ce qui renaît d'écho en écho, effaçant les âges, passant de voix en voix, de souffle en souffle, comme le chant d'une âme universelle affranchie de toute fin ?

Naguère, dans les livres de Philippe Delaveau — Eucharis, Le Veilleur amoureux, Labeur du temps — *il y avait la tentation d'inscrire le poème sur un rivage éternel qui, pourtant, n'aurait pas été hors d'atteinte. Ce projet limite, humble et démesuré comme tout ce qui ressemble à une prière du cœur se jouait parfois de lui-même, ne craignait pas d'user d'accents plus imprévus, plus ironiques, plus ravageurs.*

Et c'est précisément ce registre qu'explore aujourd'hui Delaveau en déplaçant ses repères, en dévoyant ses rythmes, en investissant une scène qui n'est plus celle du poétique pur mais accueille les répliques, les échos, la grandeur, le sublime, voire les vanités du théâtre. Dans la mémoire d'une actrice célèbre, diva en congé de Comédie-Française, monstre sacré quasi à l'agonie, il capte d'étranges séquences-souvenirs, comme s'il s'agissait de poèmes en creux, de poèmes par défaut — mais poèmes malgré tout, mais poèmes surtout —, la vie surplombant sa fin éveillant alors in extremis cette vraie vie du poème quand il est, par méprise ou mégarde, un autre.

17 décembre 1998 : Philippe Delaveau / UN TOAST POUR ELVIRE (extrait de 100 SOUS POUR LA REINE MAB) / avec Françoise Seignier, Philippe Delaveau, musique de Michaël Nick.

UN TOAST POUR ELVIRE

Les poèmes ci-après sont censés avoir été écrits par Elvire van der Kruk, ancienne comédienne du Français, qui en aurait confié la publication à Philippe Delaveau…

1

Cette année-là j'eus deux amants
dont un ministre : qu'en conclure ?
Je n'en fus guère plus heureuse,
Molière non plus. Les feuilles
des arbres n'en ont pas moins jauni.
<*Est-ce qu'il faut au poème un ministre ?*
— j'use à dessein du mot
pour donner à la phrase un peu plus de solennité
comme font ces fanfares dans les avenues
quand un officiel commémore un événement
sublime, *quelque chose du genre*
militaire avec des fleurs et des ron-flon-flon —
Nicole eût dit : un grand escogriffe de maître d'armes>

Franchement, je me demande
s'il ne convient pas d'écrire une *ode*
pour célébrer la chose ;
avec des Ô et des *Ceci* et des *Cela*.
<*un O devant comme une roue de brouette*
mais pour quel chargement : des fleurs ou du fumier ?>
Voyons, Pindare, où est Pindare ?

Pindare c'est mon chien. Les gens vous disent :
il ne lui manque
que la parole.
Vous avez déjà vu ça,
vous : un chien qui parle grec ?
Pour ma part,
je me contente d'une langue approximative.
Pardonnez-moi si l'on y trouve ici et là
quelques postillons et des naïvetés.
Quant aux mots un peu lestes, je les assume.

2

Être Sarah ou rien

Être Sarah ou rien, écrivais-je naguère,
avec mon bâton de rouge sur la glace.
<*Comme Victor Hugo : « Chateaubriand ou rien »*
on est bête à cet âge,
bête, mais pas bien méchant.>
Tous ces bustes me considèrent
à chaque étage de leurs pupilles blanches
quand je remonte à ma loge,
— étage Mars : un canapé Empire
deux ou trois chaises,
et cette glace au mur où je me montre
avec mes yeux et ma face à l'envers
Bref, j'étais parfaitement ridicule ! ! !
« On commence dans un quart d'heure »
lance Auguste de sa voix impérieuse,
et je rejoins mon lieu de mort,
trompée chaque fois par le Double : il imite
à la perfection ce que nous sommes
qui est *nous-même* étrangement

par la dépossession, avant *l'incarnation*
dans l'autre.

3

Loge au palais Chigi

À Sienne au Palais Chigi c'est autre chose : j'aime
longuement depuis ma loge sans un bruit
(seulement l'autre soir ce chant de tourterelles)
la façon dont la nuit descend sur les vieux toits de tuile
d'un rouge-brun qui semble d'or,
et quelque chose encore plus timide :
une limpidité très pure dans le soir.

Ici je me rappelle je ne sais quelle terre
heureuse, jamais visitée seulement entrevue
comme en songe :
sans un bruit sans un souffle,
je reste immobile
dans cet acquiescement au Crépuscule
qui n'est pas tout à fait ce que sera la mort
ni tout à fait ce que fut la vie.

Inerte parmi ces toits brûlants comme serait la sainte
aux yeux qui se révulsent brusquement dans une extase.

4

Hiver russe

Devant le pont Kirov, je me suis drapée dans la fourrure
et j'ai jeté ce mot : *neige* — un mot blanc, un mot
inconcevable.
On descend jusqu'à la Néva par un escalier circulaire
sous le pont du Palais, voilà qui n'est plus alcools ni
salutations
ni hôtels, avec ce personnel obséquieux et les inévitables
fleurs.
L'hiver est une maison trop grande et je m'y tiens seule
depuis que la porte s'est ouverte : des glaces
manœuvrées par le froid.
« Et là-bas qu'y a-t-il », demandais-je
mais à qui pouvais-je dire :
« Et alors qu'y a-t-il là-bas neige ou *neige* ? »
puisque seulement une vapeur s'échappait de ma bouche,
lettre blanche, vapeur ou *rien*, et je pleurais d'extase.
« Elvire, vous allez prendre froid »,
reproche aimablement
l'ambassadeur, en désignant la limousine,
une voiture officielle et noire le long de la chaussée.
Comment témoigner de la *splendeur* des choses ?

« L'absolu, dis-je, est ineffable
mais par instants visible, si proche même »
en leur montrant la neige.

La neige tout autour :
le mot splendide : *neige.*

5

Quelques sous de sagesse

Envoie tes saints surtout la petite Thérèse,
ils ne seront pas de trop pour m'aider à monter
si tant est que ton ciel s'escalade
avec un escalier à défaut d'ascenseur.
<*Un escalier roulant serait un vrai bonheur*
dis-leur donc là-haut,
avec une main courante sur le côté.>

J'ai beaucoup péché Seigneur, j'ai trop aimé la chair
les gâteaux — exquis les gâteaux : j'aimais les choux
et ces choses qui sont emplies de crème —
j'ai dû souvent mentir, le métier
y était un peu pour quelque chose.
Je me suis détestée, j'ai aimé mon désordre.
Aujourd'hui devant toi je déroule ma vie
qu'en reste-t-il ? Rien. Je fus forte tête
<*Pas forte femme, j'insiste sur la différence.*>

Je voudrais,
s'il est temps, me racheter parmi les pauvres.
J'offre tout ce que j'ai : je ne conserve rien
et s'il faut que je jette aussi ces pages dis-le-moi
je le ferai sans trop d'hésitations d'un seul coup
dans le vide-ordures ou la corbeille,
sans un regard pour mes folies ni pour mes mots.
<*même si le geste coûte : dans le fond, soyons juste*
me coûterait-il ?>
Mais peut-être dois-je les conserver Seigneur
pour que ceux qui riaient naguère
se disent : la folle

s'est un peu assagie
et voient les signes de ta grâce
dans cette histoire qui finit
humblement à tes pieds.

Jean-Michel Maulpoix

D'abord poète d'une présence au monde éphémère et légère, Jean-Michel Maulpoix fut celui qui accueillit sans trop d'effroi le principe d'incertitude. En position d'attente, il posait un voile sur les choses, un linceul sur les sentiments, une buée sur les miroirs, les silhouettes, les souvenirs. Sa voix, singulière par souveraineté fragile et pure, disait le détachement des heures et des ombres. Il y avait là une grandeur simple, délicate, qui dispensait tout autant du tragique que de l'espoir.

Et puis, peut-être en prenant appui par mégarde sur le vertige qui ne s'annonce pas, quand s'inverse la courbe de l'âge et que le cœur et le corps se retrouvent en bascule, Maulpoix s'est ouvert à l'impatience, presque à la fureur. Il s'est découvert dans la mêlée quotidienne, à la fois passant, passeur et passager d'un périple incertain. Blessé lui aussi soudain par la déchirure des temps, l'usure des attaches, la trahison des repères, la dureté des conditionnements grégaires et des lois sans justice. Du bleu qui ne voyait que du bleu, il est sorti porteur d'ecchymoses, de dissonances, de bleus dans les mots et de bleus sur la peau.

Mais son élan lyrique nullement pris en défaut, il s'est allié aux arrachements, il a rejoint les rumeurs, les stupeurs, l'imprévu des rencontres, il a parié sur la vie et un surcroît d'alarme — comme un survivant étourdi, incrédule, ébloui, qui garde à l'oreille l'écho d'une balle perdue et sur la tempe gauche un paraphe de sang.

28 janvier 1999 : Jean-Michel Maulpoix / LE MAL DE LA LUMIÈRE / avec Daniel Mesguich, Julie Denisse, Jean-Michel Maulpoix, musiques créées et interprétées par Bobby Rangell.

LA TÊTE DE PAUL VERLAINE

Le premier janvier à treize heures, un pigeon ramier s'est posé sur la tête chauve de Paul Verlaine.

Cette année non plus, il ne neigera pas. Arthur continue de raser les murs. Il porte un sac à dos de cuir.

Marie a deux trous rouges au côté droit. Elle dort. Le menton contre la poitrine. D'un si beau sommeil d'image peinte.

Le soleil vient par la fenêtre. Mes journées sont à base de prose. Le monde m'apporte des nouvelles.

Je lis dans les journaux des phrases sans queue ni tête, des histoires de meurtres et de bombardements.

Je feuillette le malheur d'autrui comme un herbier de plantes mortes et de larmes séchées.

Chaque fois, je me répète la même chose : je n'écrirai plus de poèmes : c'est de l'histoire ancienne.

Pourtant, ça me reprend, cette envie bizarre, ce curieux besoin de paroles hâtives, de discorde et de bruit.

Je n'ai en vérité rien de précis à dire, rien qui vaille le détour, mais j'espère vaguement dans les mots

Le retour d'un peu de clarté, de justesse ou de sens. Je ne sais pas au juste d'où je tiens cet espoir

Comme si quelque chose de neuf pouvait encore se produire. Comme si quelqu'un allait venir.

L'amour est un cargo chinois qui rouille. Les seins des femmes portent le deuil. Mais le noir leur va bien.

Beau temps pour se perdre en cette fin de siècle. Nous n'irons plus au bois. Les lauriers sont coupés.

Je ne prête cette fois aucune attention aux paroles que vous attendez de moi. Je ne suis qu'un hoquet d'ivrogne.

Je compte sur mes dix doigts les heures qui me séparent de ma mort. Ça me distrait ou ça m'occupe.

Pardonnez-moi, je grince. Une porte qui bat : tout ce qu'il reste des maisons que j'ai pu rêver de construire

Avec vue sur la mer et balcons de bois peint. Le dimanche, tous ensemble, on trempait dans le thé de petits gâteaux secs

Près de la plage, au bord du bleu... C'est rire pour ne pas en pleurer, bien sûr, vous m'avez compris...

Le poème ? Une vaisselle brisée. L'héritage de grand-mère qui m'apprit à écrire, naguère, dans la cuisine.

Si seul depuis sa mort : il m'a fallu noircir des monceaux de papiers. Personne n'a noté cette absence.

J'écris pour oublier quelqu'un. Comme d'autres boivent ou font la fête. J'écris pour lui être fidèle. C'est pareil.

La poésie est une vieille chienne qui aboie contre les enfants des autres. Elle ne mord plus.

Tout cet amour qu'on n'aura pas. Cet amour qu'on ne fera plus. L'espérance n'est plus de saison.

Trop de gens cherchent du travail. Moi, je cherche mes mots. Je collectionne les dictionnaires et les anthologies.

La fabrique de silence embauche. Elle fait un excellent chiffre d'affaires. On chuchote que le temps s'enfuit.

On n'entend pas crier les morts. Ni le bruit des obus en fleurs. La télévision marche toute seule.

Les citernes d'Afrique sont vides. Nos pleurs ne les ont pas remplies. La charité a du chagrin.

Le Dieu s'occupe de ses affaires. Sa soutane est d'un blanc parfait. Il porte des chaussures de toile.

Le Christ sur la croix a des douleurs dans les poignets. Il ne croit plus au ciel.

L'herbe même se demande à quoi bon reverdir. Le paysage a pris de l'âge. C'est curieux, autant de fatigue.

Sale temps pour l'amour en cette fin de siècle. Dans quelle joie désormais irons-nous pleurer ?

La vie ricane d'un rire de vieille. Elle a perdu ses raisons d'être. Il faut pourtant la faire chanter.

La poésie, ça la fait rire, ces os dans les poubelles et ces puces qui la grattent.

Ça l'amuse de n'être plus rien, de faire rimer ensemble la tristesse d'autrui et la sienne.

Fumeur, ou non fumeur ? Avec sel ou sans sel ? Je les préfère d'un blond très doux, ou très brunes aux yeux bleus.

C'est faux, ce que j'affirmais tout à l'heure : pour une fois, je fais attention à ne dire que la vérité.

Les photographies de femmes nues sont des avions de chasse. En piqué, droit sur le boulevard. Arrêtées aux feux rouges.

Moi, je traverse dans les clous... Quand trouverez-vous la cisaille qui nous délivrera de ces barbelés ?

Nous reprendrons goût au lyrisme, je vous le certifie. L'enthousiasme nous reviendra. Avec des cris intempestifs.

Pas celui des ânes qui vont brouter derrière l'église et qui écoutent dévotement sonner les cloches.

Celui plutôt de la mitraille et de l'explosif. Celui qui accompagne au loin de longs convois d'enfants blessés.

Je sais de quoi je parle : je suis né un jour d'armistice. À portée de fusil des morts. J'ai le cœur plutôt pacifiste

Mais n'ai pas déposé les armes. Vous voyez, je cherche mes phrases : c'est dire que je crois encore à des choses.

Chaque fois que la nuit tombe, j'ai le mal de la lumière. La nuit, je ne prends plus la mer. Mon sommeil reste au port.

La poésie, je le répète, est une vieille femme qui soulève le rideau et qui observe les passants par la fenêtre.

Clouée dans son fauteuil par son arthrose et ses varices, elle regarde les jolies filles à la télévision.

Depuis longtemps, elle ne jouit plus, et fait collection de timbres, de porte-clefs, de pin's et de cartes postales

Des quatre coins du monde, depuis que le monde est carré, brillant et coloré comme un verre de Venise.

Il y a toujours de vieux fous pour lui expédier des nouvelles et l'assurer qu'ils pensent à elle de tout leur cœur.

Bons baisers de partout ! D'aucuns parlent de la clairière, de la margelle du puits, et de la clameur des grands vents.

Ils affirment qu'un dieu furtif vient parfois loger son immense amour dans une embellie de paroles bien accordées.

Ils abusent cette infirme, rivée à sa chaise de misère, qui a appris à lire dans les livres des autres.

Elle aime croire à ces choses. Ces mots lui font du bien. Ils rendent un joli son. Sa vie n'est plus si grise.

D'aucuns prétendent que le poème fait se lever le jour, ou que la poésie vient à bout de l'obscurité.

C'est redire deux fois la même chose. Je n'aime pas la croyance. Je la veux sans espoir, nue sur une chaise de paille

Comme une femme qui se donne pour rien au premier venu. Ses mains en savent plus que son cœur.

Moi, je n'ai guère de goût pour les prouesses de cirque et les cartes truquées. Je ne fais pas commerce.

Je me contente pour mon salut de la dose d'espoir minimum qui permet à un homme de se relever le matin.

Si par surcroît les mots offrent un peu d'amour, je ne le refuserai pas : c'est une denrée rare, il me semble.

Le vrai, celui des autres qui s'en vont deux par deux dans la tiédeur d'un soir, avec des regards et des rires.

Celui-là ne se discute pas. On voudrait plutôt l'apprendre par cœur, et le réciter à voix haute

Comme un poème du père Hugo ou de Ronsard, cueillant des roses dans son jardin, à l'heure où la campagne blanchit.

Après tout, c'était pas si mal, ce bruit d'horloge ou de violoncelle du cœur bien accordé.

Dans une poitrine heureuse, la parole naguère rendait de beaux sons. Parfois, on se prenait à croire…

La poésie me dit : « Ne touche pas à mes seins. » Je lui réponds : « Évitez, je vous prie, de me téléphoner le soir

Surtout après huit heures. Je reprise mes chaussettes et repasse mes leçons. Je voudrais y voir clair.

Je réapprends, seul, à parler. Je n'aime pas que l'on me dérange. Ma tristesse est la seule chose qui m'appartienne. »

Inutile de mentir : la poésie, en vérité, ne me demande rien. C'est moi qui voudrais lui causer. Elle fait la sourde oreille.

Et ma mémoire est si mauvaise que c'est à peine si je me souviens d'avoir vécu. Je ne reconnais plus mon ombre.

J'ai dû manquer quelqu'un, ou quelqu'un a dû me manquer, sans même que je m'en aperçoive, à l'arrêt de l'autobus

Pour trouver si peu de goût aujourd'hui à ce qui m'entoure, si peu de choses qui vaillent la peine.

À moins que ce ne soit le monde qui ne ressemble pas aux idées que l'enfant que je fus s'en était faites.

J'ai renoncé et j'ai vieilli, ne voyant plus passer les heures, mangeant vite et dormant profond.

Ma vie même ne m'appartient plus. J'ai oublié d'être quelqu'un. J'attends celle qui me prouvera le contraire

Le cœur nu comme un ongle. Du sparadrap collé aux lèvres, mon amour essaie de chanter. Sa grimace ne rend aucun son.

Adieu marines et beaux dimanches, le souvenir des cahiers neufs. Manteau rouge de la petite fille

Seule à la sortie de l'usine : un oiseau de faïence sur la cheminée, mais pas de quoi en faire un plat.

C'est curieux, ce besoin d'en repasser périodiquement par une sorte de galimatias pour se baigner dans la musique !

De la prose, encore de la prose : la poésie viendra

plus tard, avec le petit camion noir, les chrysanthèmes et les couronnes.

Les mots se chargent de la mort. Pour la vie on se débrouille seul. Les oreilles d'autrui sont distraites.

J'ai l'âme un peu humide et le cœur plutôt sec. Je ne porte pas encore de lunettes. Mes deux tempes ont blanchi.

Je nage comme un poisson perdu au fond d'un bois, un morceau de pain dans la soupe, un caillot de sang dans un cœur.

Je touche la nuit avec les doigts. Chaque matin je caresse le ciel quand ses paupières sont encore chaudes.

J'aime les buvards, les bouteilles d'encre, la mémoire qui fait mal et les étoiles filantes.

J'aime l'amour de Marie : notre vie après tout n'est pas si monotone. Nous nous déshabillons souvent dans des pièces vides.

Marie aux doigts unis, au cœur de couleur bleue. Marie tiède au creux de ma nuit. Marie et son silence exact.

D'un jour à l'autre, on se répète : « Je voudrais être une phrase nouvelle, avec des mots pas encore dits. »

Je rouille comme un cargo chinois transportant de la trinitrine sur les eaux vertes du Pacifique

Et cent vingt mille tonnes d'apparences paisibles à échanger contre l'uranium enrichi d'un simple cri de joie.

Avec un accent circonflexe, juste au-dessus du A majuscule du mot amour. Je suis sûr que mon âme, alors, se sentirait mieux.

Tirer, tirer sur l'élastique de la mélancolie : qu'il claque entre mes doigts. Que le ciel pousse un cri !

Les oiseaux, pour leurs chants, ne touchent qu'un bien maigre salaire. Pas de quoi nourrir la nichée

Avec tous ces impôts en plus, payés cash sur le bleu, pour venir en aide à la solitude nocturne des étoiles.

Les bas noirs ont filé. La robe de bal se mite. L'or

des vieux bijoux se ternit. La poésie, pourtant, a de beaux restes.

Devant la glace, elle se maquille et fait semblant : « Miroir, dis-moi que je suis toujours la plus belle. »

Elle rêvait de changer la vie, elle se contente un soir de déplacer les meubles. Elle reprend son journal.

C'est fini, calmez-vous. Vous ne sentirez rien. Vous allez doucement vous séparer de votre corps.

Encore une tasse de thé ? Un carré de chocolat ? Une dernière cigarette ? Mais quel est donc votre parfum ?

Le temps s'est un peu radouci. Avez-vous vu ce pigeon blanc qui s'est posé sur la tête chauve de Paul Verlaine ?

Dominique Sampiero

À voix doucement heurtée, Dominique Sampiero dit ce que la vie peut avoir de tranchant. Il se met au service, mais avec quelle noblesse, des gestes quotidiens, de la terre qu'il faut pétrir à mains nues, de la pierre, de la pluie et des destins que la loi du monde s'acharne à lessiver. Son ciel est fait d'éclairs et de brume, de tendresse, de mutisme souvent et d'un secret orgueil.

Longtemps le fait d'écrire fut à ses yeux une audace, voire une transgression, et la prise de parole une sorte d'indécence. Il y avait pourtant urgence à sortir du coma, urgence à apprivoiser la colère du silence, et tout autant peur de trahir, peur de s'approprier des mots qui n'étaient pas les siens ni ceux du pays d'infortune auquel il entendait rester fidèle.

Car Sampiero veut imposer une appartenance, célébrer la fraternité de la plèbe avec les accents d'un hidalgo du nord. Pour cela, il s'est doté d'une gamme singulière qui mêle quelques notes solaires à des partitions de nuages. Il use ainsi d'un panache qui ne se veut pas éclatant mais de fraîche évidence : il sait ce qu'il faut briser de ténèbres pour libérer la lumière vivante, la lumière à toute heure du jour et de la nuit, la lumière qui devient l'autre nom de l'amour.

25 février 1999 : Dominique Sampiero / TROIS BOUCHES, QUATRE MAINS ET VOUS / avec Catalina Carrio-Fernandez, Jérôme Kircher, Dominique Sampiero, musiques d'Eric Chalan (contrebasse) et Gilles Coronado (guitare électrique).

La fraîche évidence

(extraits)

Je range tes lettres comme des papillons ou je ne sais quoi. Comme des pages de lumière vivante qui battent des ailes avant qu'on repousse le tiroir. Je les entends remuer la nuit, le jour. Tu sais à quelle vitesse s'éteignent ces brasiers qui nous font croire plus vivants. Cette sorte d'amour. On a beau tourner la page, c'est encore la blancheur. On n'entre jamais ici, on effleure.

*

Tu dis *«je vais à ta rencontre»* et tu marches vers toi-même. Tu coules à pic dans le matin, tentes un premier pas. La fin du jour est tienne. Semence cachée, tu entres dans le désordre de ton village. Tu ne reconnais plus ta nudité, ni ce qui chuchote en toi. Tu demeures là et tu pleures, sans royaume, sans frontière, dans le prodige de la nuit et du renoncement. C'est cela le premier mot, un endroit d'herbes longues, de vipères, de coupures sur la peau. Rien devant toi. Le premier pas.

Les pluies battantes

(extrait)

On ne peut pas faire des mots pour parler des gens d'ici, des phrases toutes belles engoncées de style, ce sont les manières des gens de la ville, on ne peut pas faire ça, c'est comme mentir.

Alors on se tait. En cela on leur ressemble. On ressemble aux vaches, à tout le monde, aux chiens derrière les grilles. Au chat fou qui traverse comme une flèche, éclate contre une voiture tout le sang de sa fourrure, sa cervelle, son dedans, à vif.

C'est un silence comme une colère. On écrit des livres éventrés, tout le corps en porte trace. Quelque chose arrive parfois là, dans les boiseries de la bouche, en aveugle. On lui donne un visage, des mots doux, familiers. D'une seule cognée, il nous franchit, nous répond. Quand nous revenons à nous, les gens nous parlent, nous donnent des nouvelles de notre coma. Car il y a un endroit dans la parole qui n'est plus la langue, on ne s'en méfie pas assez.

Bien sûr, ça sonne, ça chante, c'est beau, un peu comme les rivières, le vent dans les arbres, les sources. Mais du coup, on ne voit plus la pierre dans la vase, l'arbre tombé à terre, les œufs jetés en bas du nid, piétinés. Le cadavre blanc d'un chien pris dans les saules.

Il faut beaucoup de pénombre aux mains pour qu'elles perdent tout, la peau, la paume, les doigts, beaucoup de pénombre pour que le hasard mûrisse comme il a mûri déjà dans le corps des mères, et bien plus loin encore dans la racine, beaucoup de pénombre à la rivière avant son surgissement dans la fraîcheur. Il faut beaucoup de pénombre pour approcher.

Il faut imaginer un pays avec des pluies, des orages, un pays qui n'existe pas, des racines grandes comme des arbres, des flaques comme des pare-brise, le vent partout, même dans les regards, et avancer dans cette contrée comme à l'intérieur de soi, les bustes s'inclinent travaillés par une fatigue sans nom, sans âge, et cette usure gagne tout, le ciel, les maisons, le silence.

Peut-on, rien qu'une fois, aussi rugueux, violent et maladroit que cette vie-là, écrire sans rien retirer, sans rien oublier, dans la rage des épines, un coup de vent nous jette au sol, en injuriant la pluie, la boue, dans un coup de sang ? L'orage n'est pas toujours ce que l'on croit, un ciel strié d'eau, de foudres et de pierres. C'est parfois simplement un visage incliné, immobile.

Les pluies battantes,

Le dragon et la ramure

(fragment)

C'est sous la fenêtre mourir. Quelque chose comme une fumée lâche les mâchoires. Ça n'a pas d'âge. Ça ne fait pas de bruit. Ça s'en va, ça revient. Ça quitte le centre. On dirait que ça s'éparpille. C'est toujours sur fond noir avec un point qui grandit. Des effleurements comme la caresse, des sources sur le front. Partout. C'est comme un homme et une femme, enlacés, qui dansent. Justin le sait.

Mourir n'a pas de sexe. Ou à peine. Mourir est comme la plus petite feuille de l'arbre. Ni Ange ni Diable. Une présence comme l'attente de n'être rien. Et le rien monte à l'intérieur dans une fumée épaisse, un engourdissement, une torpeur qui éteint tout, le sang, le ventre, le visage. Justin le sait.

Alors la nuit, dans les campagnes, se voile comme une vierge noire. Elle monte le long des taillis. Envahit les lits, les yeux, les mémoires. Peu à peu l'obscur l'emporte. La nuit annonce le frémissement, la nostalgie des vagues bohémiennes. Les noroîts sans âge. Les aulnes brisés sur les tombes. Le chevreuil des troncs se lève. La nuit danse comme un albatros sur l'échine des cyprès.

Bruyère, la vie s'en va, dans le ruissellement des ombres, elle dort dans les chemins, aux vents de cerise et de mer, la vie s'en va dans le corps, dans les poumons des corbeaux, les sources pleurent les pèlerines bleues du ciel. L'enfance, exténuée pourrit sous les doigts. La vie s'en va, cela seulement est étrange. Des traces disent la complainte, le bruit des pluies primitives, l'onde d'une beauté de saule et de colza. La vie s'en va, sans haine, comme les amants s'endorment, avec une peine de bleuet, des vents de barque et de remords sur les étangs, pays sur le clavier des plaines, dans les vallons des aigles et des fougères. La vie s'en va et cette grâce une feuille d'arbre la porte. Un peu d'hiver, un peu de naufrage, le sang ébloui de collines, de villages, et dans les veines des primevères un peu de sel du littoral.

La vie s'en va, il suffit de le dire et la mer fuse dans le sang, *belle passante* dans la bouche, pleureuse des grottes et des nefs, la vie s'en va, hymne vertical, fureur d'or et de chaos, varech à la gorge des brisants, daurade d'île et de quai, brassée de coqs et d'océan.

Qui dira l'âme dans ses criques furieuses, ses sonorités de pierre et de corne, sa harpe de poitrine, ses goélands du délire, son roc d'amarre et d'embaumée ?

La vie s'en va, tranquille, baie, sanglot, violon, paix des oiseaux, brise des limons, pays des chiens, des gardiens, femme par l'absence, Mère des rivières, des paysans, mère des aurores. La vie s'en va, défunte, pâle mésange, pierre grise, fête flambant comme une musique sur ses lauriers, voie lactée, journée de sentier et de lèvre. L'âme enfile sa tunique.

Michel Deguy

De Fragment du cadastre *à* Gisants, *le parcours en poésie de Michel Deguy s'est développé, d'abord comme un passage du simple au complexe, pour aboutir à une forme de maîtrise de la complexité. Aux paysages de la terre qu'il faut arpenter et repérer s'adjoignent les sites, les strates, les agencements du langage qu'il faut d'un même mouvement explorer et comprendre afin de signifier autrement.*

Ce défi ne vise nullement à la fin de la langue, qui s'apparenterait à la fin d'un monde, il cherche au contraire la résurgence, le retour de l'urgence initiale, le rythme capable de susciter avec les premiers mots un seuil de reconnaissance et de résistance au non-dire du bavardage ambiant.

C'est un périple obstiné qui s'apparente à une opération de survie : exploration érudite qui place tout son élan dans un questionnement sans repos, dans un vertige en quête d'espace et de sens. À quoi concourent les mots d'un vocable donné ? Pour qui vont-ils sonner ou chanter ? Et qu'en est-il des bruits et de la tribu ?

S'interrogeant sur les destinations possibles des poèmes, Michel Deguy ouvre le champ à l'infini plutôt que de le baliser. Le destin de la poésie lui apparaît errance inéluctable, course sans illusion, passage de l'ère des prophéties, des envoûtements, aux temps de dépossession. La responsabilité des poètes est néanmoins engagée, et quasi absolue : proies de l'éphémère, ils ont pouvoir, ni plus ni moins, d'éveiller en l'homme jusqu'aux forces contraires qui fabriquèrent les dieux.

25 mars 1999.

Rien que l'homme ? Il reste l'homme, et rien. Mais ce n'est peut-être pas l'homme qui aura le dernier mot. Peut-être pas non plus, d'ailleurs, le rien... Mais pour que ce ne soit aucun des deux, il faut inventer un tiers.

Parler-de serait possible sans faire parler « l'homme », sans éclabousser tout de la forme humaine ? Le langage serait capable de ça : « nous » faire disparaître ; éteindre le foyer humain de l'incendie ?

La manière iconoclaste, qui se détourne de l'anthropomorphisme est celle de l'être-comme que la poésie pratique, « contre les apparences », recreusant la différence, par disjonction, par dissemblance ; « contre la représentation », si vous y tenez — contre l'homothétie, contre l'expressivité, contre l'idolâtre substantification des entités. Ce qui assemble n'est pas une idole.

« Contre la représentation » ? À condition de n'oublier pas que l'être-comme ne peut outrepasser le schématisme de la représentation entendue cette fois comme un nom pour la pensée. « Être et penser : le même. »

⋆

Et de même que le singe de K. cherchait une sortie hors du simiesque dans « l'humain », de même : l'homme se dégagerait en cherchant une sortie de secours hors de l'humain dans le non-humain. Qu'est-ce que le non-humain, qui n'est certes pas l'inhumain ? Il nous faut aller là où nous ne sommes jamais allés, sans retour.

⋆

Le principe est celui de l'hospitalité
La poésie est l'hôte (du poème) de la circonstance
Quelle est la circonstance ?
Mais voici l'essence de l'hôte :
On ne sait pas QUI c'est

★

À qui donc s'adresse le poème ? À la poésie ? À toi l'aimé(e) ? À un Dieu ? À du Bellay ? Au lecteur ? Au sujet de l'énonciation lui-même se tutoyant ? À tous ceux-là ?...

Qui quoi

Il y a longtemps que tu n'existes pas
Visage quelquefois célèbre et suffisant
Comment je t'aime Je ne sais Depuis longtemps
Je t'aime avec indifférence Je t'aime à haine
Par omission par murmure par lâcheté
Avec obstination Contre toute vraisemblance
Je t'aime en te perdant pour perdre
Ce moi qui refuse d'être des nôtres entraîné
De poupe (ce balcon chantourné sur le sel)
Ex-qui de dos traîné entre deux eaux
Maintenant quoi
Bouche punie
Bouche punie cœur arpentant l'orbite
Une question à tout frayant en vain le tiers

★

L'imagination est l'hôte de l'inconnaissable
Ayant plongé au fond de l'inconnu

Elle en revient en poèmes chez les humains
Leur dit avec les images
C'est inimaginable mais c'est comme ça

⋆

(Mais que fait-elle ?)

C'est la vieille Déméter méconnaissable au foyer brillant des hommes qui échoue à tremper en secret l'enfant dans un bain de braise

Mais sa visite eut lieu

Et la vieille Déméter méconnaissable
Au foyer brillant de Céléos
Échoue à tremper en secret l'enfant
Dans un bain de braise

⋆

(Et le poète dans tout ça ?)

Lui, le relateur, ce narrateur conduit un orchestre de monde à ce moment-là qui n'existe pas, si on veut, mais c'est comme s'il le faisait jouer

⋆

Qu'il n'y eut rien d'autre — que le fait qu'il ne s'est rien passé, rien que la brève rencontre et qu'on s'est tout dit ; l'échange de l'interminablement bref en brièvement interminable ; que rien n'eut lieu que ce passage, ce faux tout, détruit par le savoir que ce n'est rien — c'est cela même que chacun évoque en rencontrant l'autre : tu te souviens ? De la pluie, de la moutarde, de sa robe ce jour-là ; et chacun sourit. Et c'est ce rien que nous regrettons. Il n'y a rien que nous ne regrettions.

★

Nous nous souvenons d'avoir vécu et comme
De moins mortels nous rions sur la réserve des vivres
La lune en rond parfait comble la préhistoire
L'océan se soulève plus haut que l'horizon
En trois-mâts repasse le fantôme du Golgotha

★

(Comment faire de la révélation avec de la profanation après avoir fait de la profanation avec de la révélation ?)

Sortant de Saint-Pierre de Rome, j'écris :

Dans une pietà il y a aussi une chiffonnière
De l'aube qui tend à d'autres un déchet son trésor
Et ainsi dans toute chiffonnière à l'aube
Il y a une pietà qui tend un fils à l'espace
— à l'aube un scribe sur l'épaule
Qui signe la pierre ou le poème de pitié
Et le destine aux contrariés

Dans une chiffonnière de l'aube il y a une pietà
Qui espace la portée de ses genoux
Et ainsi dans toute pietà qui tend son fils en monde
Il y a une chiffonnière mesurant l'étendue de sa perte son trésor
— qu'un scribe sur l'épaule
Signant la pierre ou le poème de pitié
Destine aux contrariés que nous sommes.

★

Sur ses échasses de 33 000 pieds le Boeing traverse notre marais. Nous habitons la même terre. Je fais tourner la toupie dans ma tête : tu apparais à la fenêtre du Mexique, tandis que je m'en vais dormir. Faisons une carte de l'amitié au mur avec des drapeaux, différente de la carte du Tendre ou de la Guerre. La Paix est au programme, à réinventer complètement. Il faut entrer dans l'indivision.

Tu parlais de la « coexistence dynamique des contraires ». Comment traiter avec eux et jouer le grand Jeu ? Le jeu de la disjonction de notre vie toute contrariée... La lyre seule sait-elle tendre et accompagner l'arc, tenir les antipodes rassemblés dans une contrariété paroxysée ?

Tu retrouvais chez Tesauro la volonté d'*accopiare circostanze più lontane*, ou chez Gracián ou Góngora, qui fut aussi nommé l'Obscur, la recommandation de « concorder les extrêmes répugnants ». N'oublions pas l'autre moitié de la pensée, qui est de disperser aussi l'unité, de la renvoyer au multiple, conjurant l'hypostase mortelle de l'Un. Pour moi je ne crois pas à la « conciliation finale », ni qu'il s'agisse d'un mur qu'une autre pensée que la nôtre, plus orientale, aurait pu percer. Le mur au fond de l'impasse, c'est l'enclos de notre langue, de notre soleil, de notre mort. Nous différons, entendons-nous.

La vérité est paradoxale ; la vérité est pragmatique. Faisons peser de tout son poids la pensée à la fois sur chacun des pôles de son intime contrariété. Portons-nous avec elle aux deux extrêmes de son oppugnance ! Oxymorisons les paradoxes ! La préciosité aiguise les versants opposés de la vérité qui advient, pour et dans la coïncidence effilée de leur adversité. Rapatrions en l'homme les oxymores divins qui lui reviennent : la responsabilité poétique est de le sur-humaniser.

*

Le culturel est la perte du passé — dans sa « restitution à l'identique même » (sa « culturalisation » taxidermiste).

Le passé se perd — à moins que je le *change en sa perte*. On ne perd pas la foi comme son portefeuille. Il faut perdre la foi veut dire : la changer en sa perte.

Nous savons

Que le temps a duré des millions d'années ; que le soleil mourra ; qu'il n'y a pas d'autochtonie ; rien que de l'errance et de l'évolution. Pas de création, pas de propriétaire, pas d'élection. Il faut refonder sur l'Ecclésiaste — c'est-à-dire ne plus fonder.

Montage inédit.

Franck André Jamme

Le cheminement de Franck André Jamme est singulier, exemplaire et décalé : exemplaire précisément parce que singulier et décalé. C'est une mise à l'écart scrupuleuse, sans qu'il y ait pose ou revendication à tenir cette distance nécessaire. L'œuvre et l'auteur semblent s'être choisi pour règles la rigueur, la modestie, la patience. Tout ce qui donne accès à la mélodie cachée des univers : musiques de sables, tintements d'instants, lamentos des cycles du temps.

Ici on ne clame pas, on ne proclame pas, on n'enjoint pas. Chaque mot est alors porteur de lueur diffuse et d'ombre, chaque douleur capable de légèreté, chaque éclair en attente d'effacement. Le ton de Franck André Jamme est celui du murmure souverain ; sa recherche, celle du souffle anonyme, du chant de tous les âges de la mémoire.

Il est tout entier révélé dans une notation à son image : une espèce d'humilité élégante est aussi indispensable à un prince que le courage... *Car, chez ce poète tailleur de proses plus que de poèmes, il n'y a aucun appel au compromis ni au renoncement, mais conjonction impeccable d'une ferveur, d'une ascèse et de quelques éblouissements toniques. Avec lui, affronter, vaincre et poursuivre, n'a rien d'une visée guerrière. L'harmonie seule est en action, et la conquête ne se soucie que des zones sans frontières, loin, très loin de tous les centres.*

22 avril 1999.

DE LA MULTIPLICATION DES BRÈCHES ET DES OBSTACLES

(extrait)

Quand est-ce qu'on arriverait ?

Tout avait commencé avec les loups, les masques. Puis étaient apparus les miroirs. Puis la pensée de la métamorphose s'était définitivement installée.

Tourner par la tête transportait moins. Alors on tournait par le cœur.

Ceux qui étaient revenus allaient repartir : pourquoi pas ?

À force de lire les livres idoines et d'en parler, certains prenaient la moindre petite extase, comme nous en avions tous, pour une véritable meurtrière.

Avec les années, on faisait, on disait, on vivait souvent presque les mêmes choses, juste grimées de variations — plus ou moins noires ou bleues, selon nos capacités à chacun.

Tout avait été tant roulé, déroulé : il n'y avait plus maintenant que ce feu qui brûlait à la surface du lac.

Rien ne te perturbait davantage, au fond, que tes propres manquements.

Était-ce la beauté, encore, si la vision qu'elle nous offrait se réduisait soudain à une empreinte sans objet ?

On ne l'avait que trop remarqué : d'autres n'étaient bons qu'avec les puissants. Ou avec les petits qui les servaient eux-mêmes avec assez de diligence.

Parfois, on aurait pu croire qu'il luttait simplement contre l'ankylose. Mais non, il s'aiguisait juste l'esprit.

Les hommes, c'était comme les mancies. On sentait bien les choses mais on voyait mal leur intensité. On devinait une fracture, par exemple — seulement on n'aurait pu dire s'il s'agissait, brisé, d'un doigt, d'un bras ou de l'être entier.

Il y avait les dons naturels.

Même la rapidité savait provoquer l'ennui.

Avaient-ils vraiment vécu tout cela ? Ne s'étaient-ils pas plutôt sincèrement imbibés jusqu'à la moelle de quelques témoignages majeurs ? Le fait est que si on les avait traités de faussaires, ou de menteurs, ils en auraient pleuré. Et cette peine n'aurait strictement rien prouvé non plus.

Ceux qui étaient partis allaient revenir : pourquoi pas ?

Ç'avait été facile à faire.

On aurait dû s'en tenir aux premières frontières : la peau, les cheveux, les ongles, le chien de l'ombre.

Celui-là, au fond, n'avait pas été une seule fois véritablement blessé : il n'y arriverait jamais.

Ce n'était pas assez d'entrer dans la maison, il fallait être capable d'y rester.

Il traînait toujours un peu de nonchalance dans les choses vraiment réussies.

Certains idiots pouvaient même faire disparaître à jamais une pierre.

Il advenait que la pensée fuse vers le haut, tourne, danse dans l'air, trois, quatre fois, retombe dans nos mains : il suffisait de les avoir bien placées — et qu'elles aient été ouvertes.

C'était affolant comme un compliment avait le pouvoir de meurtrir.

Il passait des journées entières à arpenter la peau du tambour.

Même la lenteur savait donner le plaisir.

Il y avait la maîtrise.

Mais pourquoi donc la plupart de ceux qui se plaçaient par delà le haut et le bas avaient-ils eu plus souvent l'expérience de l'abject que celle de la lumière ?

Une des rares choses qu'il pouvait encore dire, c'était cette sensation de frisson entre les deux yeux. Et que tout s'aggravait en y pensant.

Cet autre, la blessure l'avait proprement submergé : il n'y arriverait jamais.

Ça s'épurait, en somme. On débutait toujours par une ruche de signes ; on finissait par quelques traits sur le mur.

« Ce serait notre langue. Nous pourrions aller la parler dans le ciel, y manger des nuages, comprendre enfin. » Il rêvait complètement.

Ç'avait été difficile à faire.

La moindre vraie pensée profonde, il fallait lui mettre aussitôt des ailes aux pieds, car elle pesait toujours une tonne.

Il lui venait souvent d'œuvrer en filant carrément au ras de la terre et des êtres.

Ils croyaient que le plaisir sans le cœur était un bel enfant sec. Tandis qu'il n'y avait rien peut-être de plus humide.

La grâce ne s'inventait pas plus que l'amour.

Les jours sans la percée qui pulvérisait les formes, c'était quoi ?

Si on en avait le cran, mieux valait partir danser sous le nez du monstre et lui jeter en offrande les fruits de la nuit.

L'homme, le délirant.

Et toujours cette force, pourtant, plus puissante encore qu'Eros, et qui n'était pas la mort.

Demain, les ruines seraient fraîches.

On avait joué, aussi, voilà tout.

Le ciel serait presque caché entier.

Il n'y avait au fond que la vérité pour faire rire.

La poésie, la peau dure.

Serge Sautreau

Serge Sautreau vit au fil de l'eau, mais à contre-courant, dans un écart surpris, amusé, féroce parfois, d'avec l'agitation des temps. Il n'est pas de ceux qui tentent de jouer le jeu, de gagner en renommée ou en statut social. Chez lui l'existence a perdu ses appuis, ses acquis, ses rengaines. L'être sourit de son dénuement en pariant sur la chance. Passent alors dans ses poèmes écrits, improvisés ou rêvés, des personnages qui présentent presque tous des profils de frères égarés en route vers l'oubli.

L'auteur du Gai désastre *sait qu'il a l'insouciance communicative et combien il est urgent de dilapider les miroirs, les faux-semblants : tout le spectacle du monde. Sur ce terrain-là, communément baptisé* réel *ou* réalité, *il peut opérer des percées foudroyantes qui éclairent autant qu'elles dévastent, qui dénoncent autant qu'elles stupéfient. À la tyrannie du travail forcé, à la logique de la production sans frein et des profits sans honte, il oppose l'économie dispendieuse du verbe, l'ironie frontale qui broie les syllabes et les rythmes pour ne pas avoir à mâcher ses mots.*

Avec Serge Sautreau, la parole entre en révolution : on y retrouve les communiqués venus du Chiapas, tandis que des derviches dansent sous les étoiles ; on y entend le souffle profond des fables vraies qui affrontent les délires de l'histoire, tandis que résonne un rire fragile et clair, hors norme : affranchi.

27 mai 1999.

À L'INTÉRIEUR ON SONGE

(fragments)

« L'improbable poésie, son bégaiement, ses grèves. »

La koésie est un dîner de gala chez les sans-papiers
En partant elle emporte tout
Même les montres

Elle a ses entrées dans les salles de contrôle
Tous les écrans pour cadrer l'indicible
Les cordages piègent le vent c'est de la buée de pauvres
On en fera un ressac sur un catamaran
L'absence de toute idée *aura le dernier mot : formel*
D'autres disent formol mais ce sont des alouettes d'angle

La koésie ne fréquente pas pour rien
Les polices de caractères
Question liberté elle a le bracelet agile
Elle tend les mains les arabes trinquent
Elle voile sa page les noirs dégustent
Elle joue aux dés c'est la débâcle
Elle vise au cœur ça marche droit
À l'intérieur on songe il y a de l'embauche dans l'air

Jamais cette jeune fille au pair n'a été hors la loi
On ne décèle pas le moindre écart dans sa tenue et quand elle semble
Coïncider avec la catastrophe c'est une crise de rien
Un revers de langage pas de quoi faire une émeute et de nos jours

Elle chasse le sens comme au charter ou pour un safari :

Qu'il n'en reste rien pas un cri pas une bribe
For-mel je vous dis et tout dans l'impassible
Dehors il n'y a rien dedans c'est de la chaux parlons bretelles
sur web
À l'intérieur on songe
Quelle avant-garde vraiment vraiment

Les âpretés élémentaires elle en fait amnésie
D'autres rébus l'attendent à équation sur césure
C'est fou ce détergent qui vous nettoie le mental en regardant
ailleurs
À l'intérieur on songe
À de la koésie

L'extérieur s'en désintéresse

Il y a aussi la doésie
La petite souffreteuse de machine à moudre
Elle a un châle de soupirs prophétiques mais à peine les
entend-on
Qu'elle s'est mordu le doigt
L'extérieur s'en désintéresse il a grand tort
C'est une indic de première
Un aérolite à tête chercheuse dans le for intérieur du catimini
Pour la lâcher macache
En filature elle est indécrochable

Sa fenêtre domine
Une cour penchée très étroite et pleine de jaune d'œuf
Elle le sait son nid d'aigle qu'il a du plomb dans la diérèse
Mais elle s'en moque ou fait comme si
Ses travaux à domicile lui font approcher le big bang

Croyez-vous qu'elle perde la tête non elle allonge le bras
Et traverse le mur
Un jour elle a épouvanté nosfératu
Mais elle est très collet monté avec elle pas question d'oiseaux nus
Ni d'épopées de draps froissés à travers les halètements d'octobre
Elle trame avec soin son hérésie de vieille migraine
De vieille mélopée qui ploie sa plainte sous la pluie
Le central ni personne n'ont besoin de ses murmures de laine tondue
Sa cote est vide à la corbeille
La doésie n'a pas d'avenir prévisible ni de carnet à souches
Son présent perpétuel la protège à coups de cravache et ça pleut
Ça pleut à l'infini dans ses greniers de belette grise

Lui non plus

À la surface il sème
C'est son ombre qui nage

Les miroirs le tuent vite
Il ne prend pas de gants

Un suspens infini ou pendu par les ailes
Pour tisonner les tentations de la dernière chance

Avec lui pas de cap
Une hantise à contre-jour

Sa magie coupe les lames
Le rire souverain il vous le rentre dans le gosier

Par le soufre par l'ail et par le vétiver
C'est le fils de pilaf et de la soésie

Une tradition de crocheteurs célestes
Avec une dextérité de clefs de voûte aux doigts

Avec lui c'est la neige ou le diamant qui brûle
Pas de mégot pas de mesure

Pas de fumée seulement du verre et dire
Qu'aux grands travaux nul ne lui confierait un compte-gouttes

Avec lui au détour d'une ligne rien ne manque et tout est absent
Avec lui le monde italique *ne soliloque plus*

Lui, le soème, qui frôle le vertige métaphysique de l'as de trèfle
Quand il caresse sa capture avant de l'escamoter sous la nappe

Il s'affranchirait de la langue vite fait
Comme d'un poker de contrebande sous les tangages sociaux

Mais tous les faiseurs d'anges y flaireraient un piège
Lui non plus

Bien en main

Quel homme s'il ne s'habillait de mots
Quelle femme si elle n'était un court-circuit

Nulle décence aux voltages
Ici on lâche les loups
Seuls repères : le vent, l'os

Le noème est au paysage ce que la balle traceuse est à la chute des corps
Les quatre saisons de la bigoterie versifiée ne s'en remettent pas
Et tout autour, littérature

Le noème est messianique à en crever
Il a des fagots d'années-lumière sous le coude
Ça vaut mieux que la guerre continuée par d'autres troyens

Quel homme s'il n'était un texte
Quelle femme si c'était une voix
La politique du maquis transparent leur passe sous les nerfs
On ne voit qu'eux sans jamais les voir
Et silencieux comme le son

Même aux objets perdus ils sont perdus
Ils ne servent strictement à rien :
Quelle force
Dès qu'ils auront la parenthèse
Bien en main

À la lettre

Lorsque la lettre jaillira
Lorsque la lettre jaillira hors chiffres
Lorsque la lettre jaillira du sommeil où l'avait asservie le monde
Lorsque l'hypnose utilitaire aura cessé de l'enrôler

Lorsqu'elle dira non, *la lettre*
Lorsqu'elle bousculera ses gardiens
Lorsqu'elle débridera ses épaules encapuchonnées d'esclave
Lorsqu'elle enverra les phrases tricoter leur panique aux oubliettes

Lorsqu'elle désertera
Lorsqu'elle clouera les langues sur pilori d'incertitude
Lorsqu'elle abandonnera la clef des mots dans la soute à
mirages

Et lorsque, libérée, elle dématera le ciel, la lettre
L'avant-dernière lettre, celle
Qui fourche et ne zigzague pas, celle
Qui n'en finit jamais d'infuser ses chimies,
Lorsqu'elle jaillira
Lorsqu'elle aura conquis son ombre et perdu son revers —

Qu'adviendra-t-il
Tandis que dalles glacées, patios vides et colonnades
Attendront terriblement que vienne le soir, et même la nuit,
Sur l'à-pic de la lumière ?

Inédits.

INDEX DES AUTEURS

Zéno BIANU, né à Paris en 1950, a publié des livres de poésie : *Manifeste électrique* (Soleil Noir), *La Danse de l'effacement* (Brandes), *Fatigue de la lumière* (Granit), *Traité des possibles* (Fata Morgana), *L'Atelier des mondes* (Arfuyen), *Le Ciel intérieur* (Fata Morgana) ; des essais et des anthologies : *La Montagne vide* (avec P. Carré, Albin Michel), *Krishnamurti* (Seuil), *Sagesses de la mort* (Albin Michel), *El Dorado* (avec L. Mizon, Seuil).

Alain BORER, né à Luxeuil en 1949, a publié des essais, des récits, des poèmes : *Rimbaud en Abyssinie* (Seuil), *Rimbaud, l'heure de la fuite* (Découvertes/Gallimard), *Rimbaud d'Arabie* (Seuil), *Zone bleue* (Lachenal et Ritter), *Le Chant du rien visible* (Fourbis), *Les Très Riches Heures de Chuck Berry* (Édition de la C.R.E.M.), Beuys (MIT press), *Départs arrêtés* (Area).

Yves BUIN, né en 1939 dans la région parisienne, a publié : *Les Alephs, Les Environs de minuit, La Nuit verticale, 110° Rue à l'Est, Bornéo après la nuit* (Grasset), *Epistrophy, Maël* (Bourgois), *L'Asmara, Radio-Astronomie, Essai d'herméneutique sexuelle* (Cahiers des Brisants), *Fou-L'art-noir* (Le Castor Astral).

Michel BULTEAU, né en 1949, a publié : *Manifeste électrique* (Soleil Noir), *Minuties, Masques et modèles, Flowers, Poèmes 1966-1974, La Vie des autres,* (La Différence), *Le monde d'en face* (Le Rocher), *Aérer le présent* (Paroles d'Aube).

Michel BUTOR, né à Mons-en Barœul en 1926, a publié de très nombreux livres, parmi lesquels : *Degrés, Mobile, Illustrations I, II, III, IV, Travaux d'approche* (Gallimard), *Herbier lunaire, Dans les flammes, À la frontière* (La Différence).

François de CORNIÈRE, né à Caen en 1950, anime depuis 1980 les «Rencontres pour Lire» de Caen (créations de lectures-spectacles). Il a notamment publié : *Tout doit disparaître,*

Tout cela (Le Dé bleu), *Boulevard de l'océan* (Seghers), *En principe* (L'Échoppe), *La Terre ronde* (Brouillon de culture), *Partir pour de bon* (H.B.), *La Surface de réparation* (Le Castor Astral).

Jacques DARRAS, né à Bernay-en-Ponthieu en 1939, a publié : *La Maye* (Trois Cailloux), *Le Petit Affluent de la Maye, William Shakespeare sur la falaise de Douvres, Van Eyck et les rivières,* (Le Cri), *Petite somme sonnante* (Mihaly) et de nombreuses traductions, notamment de Walt Whitman et de Malcom Lowry.

Michel DEGUY, né à Paris en 1930, a publié : *Ouï dire (Poèmes 1960-1970), Poèmes II (1970-1980), Gisants (Poèmes 1980-1995)* en Poésie/Gallimard, *La poésie n'est pas seule, À ce qui n'en finit pas* (Seuil).

Philippe DELAVEAU, né en 1950, a publié : *Eucharis, Le Veilleur amoureux, Labeur du temps* (Gallimard), *Les Secrets endormis* (Les Écrits des Forges), *Cent sous pour la Reine Mab* (La Différence).

Patrice DELBOURG, né en 1949, a publié : *L'Ampleur du désastre* (Le Cherche Midi), *Un certain Blatte* (Seuil), *Embargo sur tendresse, Les Désemparés* (Le Castor Astral).

André du BOUCHET, né à Paris en 1924, a publié : *Dans la chaleur vacante, L'Ajour* (Poésie/Gallimard), *Laisses, Peinture, Aujourd'hui c'est, Carnet, Pourquoi si calmes, D'un trait qui figure et défigure* (Fata Morgana), *Axiales, Poèmes et proses* (Mercure de France).

Nabile FARÈS, né à Collo (Algérie) en 1940, a publié : *Le Champ des oliviers, Mémoire de l'absent, Un passager de l'Occident* (Seuil), *L'État perdu* (Actes Sud), *Le Miroir de Cordoue* (L'Harmattan).

Édouard GLISSANT, né au Morne-Bezaudin (Martinique) en 1928, a publié : *Poèmes complets, Poétique de la relation, Tout-Monde, Traité du Tout-Monde, Introduction à une poétique du divers* (Gallimard)

Guy GOFFETTE, né à Jamoigne (Belgique) en 1947, a publié : *La Vie promise, Le Pêcheur d'eau, Verlaine d'ardoise et de pluie, Elle par bonheur et toujours nue* (Gallimard), *Éloge pour une cuisine de province* (Champ Vallon), *Partance* (L'Étoile des limites).

Michelle GRANGAUD, né à Alger en 1941, a publié chez P.O.L. : *Memento-fragments, Stations, Geste, Jours le jour, Poèmes fondus, État civil,* et *Renaîtres* (Ecbolade).

Michel HOUELLEBECQ, né à La Réunion en 1958, a publié chez Flammarion : *Rester vivant, La Poursuite du bonheur, Le Sens du combat, Les Particules élémentaires,* et chez Maurice Nadeau : *Extension du domaine de la lutte.*

Franck André JAMME, né en 1947, a publié : *Absence de résidence et pratique du songe* (Granit), *La Récitation de l'oubli, Pour les simples, De la multiplication des brèches et des obstacles* (Fata Morgana), *Un diamant sans étonnement* (Unes).

Ludovic JANVIER, né en 1934, a publié : *Entre jour et sommeil* (Seghers), *La mer à boire, La baigneuse, Face, Naissance, Monstre va, Brèves d'amour, En mémoire du lit* (Gallimard).

Gil JOUANARD, né en Avignon en 1937, a notamment publié : *Le Moindre Mot, L'Œil de la terre, « Tout fait événement »* (Fata Morgana), *Le Goût des choses, Plutôt que d'en pleurer, C'est la vie, Le Jour et l'Heure* (Verdier).

Jean-Michel MAULPOIX, né en 1952, a publié au Mercure de France : *Portraits d'un éphémère, Une histoire de bleu, L'Écrivain imaginaire, Domaine public, La Poésie malgré tout, La Poésie comme l'amour.*

Bernard NOËL, né dans l'Aubrac en 1930, a publié : *La Chute des temps* (Poésie/Gallimard), *Une messe blanche, Souvenirs du pâle, D'une main obscure* (Fata Morgana), *L'Ombre du double, Le Syndrome de Gramsci, La Castration mentale, Le Reste du voyage, La Langue d'Anna* (P.O.L.)

Gérard NOIRET, né à Saint-Germain en Laye en 1948, a publié : *Le Pain aux alouettes* (Messidor), *Chatila, Le commun des mortels, Chroniques d'inquiétude* (Actes Sud), *Tags, Toutes voix confondues* (Maurice Nadeau).

Serge PEY, né à Toulouse en 1950, a publié : *Couvre-feu* (Édition Tribu), *Poème pour un peuple mort* (Édition Sixtus), *La Mère du cercle* (Édition Travers), *Interrogatoire* (CIPM), *Dieu est un chien dans les arbres* (Jean-Michel Place), *La Main et le Couteau* (Paroles d'Aube), *L'Enfant archéologue* (Jacques Brémond) et en éditions sonores : *L'enfant archéologue* (Artalect), *Nihil et consolamentum, L'Évangile du serpent* (Édition Tribu).

Christian PRIGENT, né à Saint-Brieuc en 1945, a publié : *Ceux qui merdRent, Écrit au couteau, Une erreur de la nature, À quoi bon encore des poètes ?, Une phrase pour ma mère, Dum pendet filius* (P.O.L.) et en éditions sonores : *Souvenirs de l'Œuvide* (Artalect), *Comment j'ai écrit certains de mes textes* (Muro Torto), *L'écriture ça crispe le mou* (Alfil).

Jacques REBOTIER, né en 1950, a publié : *Pl(a)ges, Brève, Sentence, L'Ombre de l'homme, Sept circonvolutions, Litanie des certitudes, Litanie du correcteur* (Brandes), *Le Chant très obscur de la langue* (Ulysse fin de siècle), *L'Attente* (Æncrages), *Le moment que* (CIPM/Spectres Familiers) et en éditions sonores : *Pl(a)ges* (Adès/MFA), *Requiem* (Radio France/MFA), *Sur mon cœur, sans les mains, sous les pieds, plus si affinités* (Radio France/Les Poétiques).

Jacques ROUBAUD, né à Caluire-et-Cuire (Rhône) en 1932, a publié : *E, Trente et un au cube, Autobiographie chapitre X, Dors, Quelque chose noir, La forme d'une ville change plus vite hélas que le cœur des humains* (Gallimard), *Le Grand Incendie de Londres, La Boucle* (Le Seuil).

Dominique SAMPIERO, né dans le Nord en 1954, a publié : *La Fraîche Évidence, Les Pluies battantes, Retour au sang, La Chambre au milieu des eaux, Le Ciel et l'Étreinte* (Lettres vives), *La Vie pauvre* (La Différence), *La Claire Audience* (Le Cherche Midi), *Centre Ville, La Chair de l'image* (Paroles d'Aube), *Le Temps captif* (Flammarion).

Serge SAUTREAU, né à Mailly-la-Ville (Yonne) en 1943, a publié : *Aisha* (avec A. Velter, Gallimard), *L'Autre Page, Alors* (Les Cahiers des Brisants), *Hors, Le Gai Désastre* (Christian Bourgois), *Abalochas* (Bordas et Fils), *Le Rêve de la pêche* (Plon), *Rivière je vous prie* (Le Ciel sur la terre), *Le Sel de l'Eden* (Au Passe-Montagne).

Franck VENAILLE, né à Paris en 1936, a publié : *La Tentation de la sainteté* (Flammarion), *Les Enfants gâtés* (Salvy), *Le Sultan d'Istamboul* (Les Écrits des Forges), *La Halte belge* (Cadex), *L'Homme en guerre* (Paroles d'Aube), *Cavalier/Cheval* (Imprimerie Nationale), *La Descente de l'Escaut* (Obsidiane), *Capitaine de l'angoisse animale* (Obsidiane/Le Temps qu'il fait).

Jean-Pierre VERHEGGEN, né à Gembloux (Belgique) en 1942, a publié : *La grande Mitraque* (Fagne), *Le degré Zorro de l'écriture* (Babel/Actes Sud), *Les Folies Belgères* (Seuil), *Artaud Rimbur, Ridiculum vitae, Entre zut et zen* (La Différence), *Opéré-bouffe* (Cadex).

TABLE

DERNIÈRES PARUTIONS

241. Pierre Louÿs — *Les Chansons de Bilitis.*
242. Miguel Angel Asturias — *Poèmes indiens.*
243. Georg Trakl — *Crépuscule et déclin.*
244. Henri Michaux — *Misérable miracle.*
245. Guillevic — *Étier* suivi de *Autres.*
246. Adonis — *Mémoire du vent.*
247. Max Jacob — *Poèmes de Morven le Gaëlique.*
248. Dylan Thomas — *Vision et Prière.*
249. *** — *Chansons françaises de la Renaissance.*
250. Eugenio Montale — *Poèmes choisis (1916-1980).*
251. Herman Melville — *Poèmes de guerre.*
252. André du Bouchet — *Dans la chaleur vacante.*
253. Gaspara Stampa — *Poèmes.*
254. Daniel Boulanger — *Intailles.*
255. Martial — *Épigrammes.*
256. Michel-Ange — *Poèmes.*
257. John Donne — *Poèmes.*
258. Henri Michaux — *Face aux verrous.*
259. William Faulkner — *Le Faune de marbre. Un rameau vert.*
260. Walt Whitman — *Poèmes.*
261. Stéphane Mallarmé — *Poésies.*
262. Yves Bonnefoy — *Rue Traversière.*
263. *** — *Anthologie de la poésie française du XIXe siècle,* II.

302.	***	*Les Poètes du Chat Noir.*
303.	Joachim Du Bellay	*Divers Jeux rustiques.*
304.	Juvénal	*Satires.*
305.	Odysseus Elytis	*Axion Esti.*
306.	Nuno Júdice	*Un chant dans l'épaisseur du temps.*
307.	Pentti Holappa	*Les Mots longs.*
308.	Max Elskamp	*La Chanson de la rue Saint-Paul.*
309.	***	*Anthologie de la poésie religieuse française.*
310.	René Char	*En trente-trois morceaux.*
311.	Friedrich Nietzsche	*Poèmes. Dithyrambes pour Dionysos.*
312.	Daniel Boulanger	*Les Dessous du ciel.*
313.	Yves Bonnefoy	*La Vie errante. Remarques sur le dessin.*
314.	Jean de la Croix	*Nuit obscure. Cantique spirituel.*
315.	Saint-Pol-Roux	*La Rose et les Épines du chemin.*
316.	***	*Anthologie de la poésie française du* XVIIIe *siècle.*
317.	Philippe Jaccottet	*Paysages avec figures absentes.*
318.	Heinrich Heine	*Nouveaux poèmes.*
319.	Henri Michaux	*L'Espace du dedans.*
320.	Pablo Neruda	*Vingt poèmes d'amour. Les vers du capitaine.*
321.	José Ángel Valente	*Trois leçons de ténèbres.*
322.	Yves Bonnefoy	*L'Arrière-pays.*
323.	André du Bouchet	*l'ajour.*
324.	André Hardellet	*La Cité Montgol.*
325.	António Ramos Rosa	*Le cycle du cheval.*
326.	Paul Celan	*Choix de poèmes.*

Ce volume Hors série,
de la collection Poésie,
a été composé par Interligne
et achevé d'imprimer par
l'imprimerie Bussière à Saint-Amand (Cher),
le 4 mars 1999.
Dépôt légal : mars 1999.
Numéro d'imprimeur : 584.
ISBN 2-07-040911-2./Imprimé en France.

90257